SILDA CORDOLIANI

TIEMPO DE RATAS FRÍAS Y OTRAS HISTORIAS

artepoética
press

NUEVA YORK, 2014

Title: Tiempo de ratas frías y otras historias
ISBN-10: 1940075181
ISBN-13: 978-1-940075-18-1

Design: © Ana Paola González
Cover & Image: © Jhon Aguasaco
Author's photo by: © Carmen Arroyo
Editor in chief: Carlos Aguasaco
E-mail: carlos@artepoetica.com
Mail: 38-38 215 Place, Bayside, NY 11361, USA.

© Tiempo de ratas frías y otras historias, 2014 Silda Cordoliani
© Tiempo de ratas frías y otras historias, 2014 for this edition artepoética
press

Índice

Despedida pospuesta

Cuando él apareció por segunda vez, tenía nueve meses de viuda, treinta y dos años y cinco hijos, el último apenas un bebé, un bebé dulce y tranquilo concebido durante la última etapa de la enfermedad del marido muerto. Por eso nunca pudo encontrar ningún argumento lo suficientemente convincente como para refutar la firmeza del amor que siempre dijo sentir por ella, él, que para entonces era un hombre hermoso y lleno de esos encantos masculinos que solo se adquieren tras una vida aventurera e inestable, un constante deambular de casi dos décadas a lo largo de toda la línea fronteriza del país. Sí, tuvo que enamorarse como un loco para haber estado dispuesto a abandonar —por ella— todo lo que hasta entonces había sido su vida. Tal seguridad la estremece y la hace sonreír tristemente mientras se esfuerza por contener las lágrimas que la amenazan: todavía falta mucho para que la noche termine y amanecer con los ojos hinchados es lo peor que puede sucederle. Es entonces, cuando resignada al insomnio prendo la lamparita y prendo un fósforo para el cigarrillo como si quisiera alumbrar el corredor que la conduce al baño, donde se detiene frente al lavamanos, es decir, frente al espejo. No puedo soportar la idea de su próximo llanto; por eso la dejo allí y me dispongo a terminar de leer las páginas finales de la novela que está sobre mi mesa de noche.

Es al encender el segundo cigarrillo cuando vuelvo a recordarla y la encuentro tal cual la dejé, figura inmóvil que contempla el reflejo de un viejo rostro de ojos viscosos y pesados. Quisiera precisar el comienzo del gran cambio, cuándo aparecieron los primeros surcos, en qué momento los pómulos empezaron a desplomarse y la boca a hundirse; hace un supremo esfuerzo pero la memoria no la ayuda, y cómo habría de hacerlo si ella nunca tuvo tiempo para frecuentar los espejos. Recuerda en cambio la primera cana, alguno de sus hijos se la hizo notar, pero cuándo surgió la segunda, y la tercera, y la décima. Por fin se mueve para pasar sus dedos por el pelo casi blanco mientras deja derramar la única lágrima de la noche, la que yo intento secar aplastando decidida la colilla en el cenicero: tomaré el primer avión que salga para Ciudad Bolívar.

* * *

"Un padre siempre es un padre", me he repetido durante años, cada cierto tiempo, con la esperanza de que algún día lograré amarlo como supongo se merece el hombre casi anciano, acabado y lastimoso, que imagino clavando la mirada en la pequeña ventana alumbrada por la luz de este día postergado durante más de treinta años. Tampoco él tuvo una buena noche. Voltea para observar a su lado, dormida, a la mujer decrépita con la que intentó suplantarla: tarea agotadora y algo inútil, ahora lo reconoce, procurar sustituir a la bella, sensual, tal vez siniestra amada que decidió abandonarlo a los pocos, poquísimos años de matrimonio. La conoció cuando apenas salía de la niñez y acostumbraba pasear con otras amigas todos los soleados domingos bajo la sombra de los árboles de la Plaza Bolívar. Creyó entonces que nunca reparaba en sus tiernas, o más bien lúbricas miradas. Quince años después, la joven viuda le habría de confesar que con aquellos fieros ojos ilusionó muchas noches de solitaria adolescente. "¡Cuánto tiempo perdido, amor mío!", dijo él para aliviar el ardor de los cuerpos que ya amenazaban con aproximarse (con crearme). Fue una mujer valiente, lo será todavía, sin duda, piensa él saliendo de la cama y recordando los reclamos y acusaciones de unos y otros familiares hacia la mujer que no fue capaz de cumplir con el lapso de luto y duelo recomendado por las buenas costumbres pueblerinas. Reconstruye fácilmente los rasgos de aquel rostro que vio por última vez ya no sabe hace cuánto tiempo, pero le resulta imposible imaginar el que ahora debe corresponderle. Sí, acepta que tiene miedo, pero no de enfrentarse a ella, ni siquiera del aspecto de hombre senil y enfermizo que ofrecerá a sus ojos, lo que teme es el final de tan larguísima historia, el adiós, el apagarse de esa llamita que le ha servido como único apoyo para seguir soportando la existencia miserable a la que, dicen, él mismo se condenó. No piensa en mí, lo sé, solo piensa en ella. Yo, sola, carezco de significado para él. Pero en este desasosegado amanecer no soy capaz de exigirle el lugar que siempre he esperado me conceda; nada puedo reprocharle hoy: "un padre siempre es un padre", me digo nuevamente para luego caer en la angustia que me produce esta seguridad de haber gastado buena parte de mi vida en la necia empresa de lograr mi absoluta independencia: ser una persona ajena a las inmensas frustraciones de esos dos que, inclementes, desde hace varias horas han vuelto a ocuparme por completo. Cómo desentenderme de tales ataduras, de mi boca y mi nariz que son de él, de mis ojos, los de ella, de mis debilidades literarias y negro humor que tampoco puedo calificar de propiamente originales. Por eso mismo estoy segura de que no me equivoco al predecir las frases que él prepara mientras afeita con mano temblorosa, pero cuidadosamente, su barba de varios días, las mismas que oiré de sus labios durante el absurdo acto. Para mí, frases ridículas, como su gastado sombrerito suplantando al flamante *panamá*, y sus yuntas brillantes a las que en otro tiempo fueran del más puro cochano ("Te veo tan bella como si el tiempo no hubiera pasado"), palabras gestadas entre las películas de Arturo de Córdoba ("Solo tú pudiste salvarme"), los boleros de la Grever y Lara ("Nunca he dejado de quererte") y el poemario de Luis Edgardo Ramírez ("Queda *ella* como prueba de que más allá de nuestra muerte seguiremos juntos"). Ella, en cambio, pronunciará otras que también soy capaz de anticipar durante los últimos minutos de vuelo que me separan de la ciudad de mis primeros años, palabras que no prepara, que sé surgirán espontáneas como hirientes respuestas a la dulzona sensiblería del hombre: "Sí, tan bella como tú luces ahora", o, ¿por qué no?: "¿*Ella*?, *ella* queda como prueba de que los errores también pueden llegar a engendrar cosas buenas". Pero todo este entrecortado diálogo vendrá más tarde, cuatro horas después del abrazo solidario que ya le estoy dando a la mujer que anoche, con voz temblorosa, me confesaba a través del teléfono la angustia inexplicable que le producía, no tanto la idea de firmar un papel destructor de la única marca visible que la ataba a aquel hombre: el apellido, "tu apellido" —me dijo—, como la posibilidad de enfrentarse a "la otra, porque él es capaz de ir con ella y darme ese disgusto... bueno, tú sabes" —concluyó. No, yo no sabía, yo no sé nada, yo ni siquiera conozco la verdadera razón de este viaje mío y es por eso que no encuentro las palabras justas, tiernas y amorosas que desearía convocar para explicarle mi presencia aquí, cuando tras la emoción de un primer momento, y ya recobrada nuestra mutua y habitual actitud de desapego, nuestra compartida y aparente seguridad, me pregunta el motivo de mi acción inesperada.

—Pensé que era mi deber. Te noté tan nerviosa por teléfono... Además, aprovecharé para verlo: quizás por última vez.

—Sí, claro. Siempre tan impulsiva, como él. Pero no debiste venir, eso de mis nervios es natural: son casi treinta y cinco años de matrimonio...

—Mamá.

—¿Tú crees que se presente con ella?

—Mamá...

—¡Ah!, ¿tú crees?

—Mamá: no son treinta, ni veinte, ni cinco. Fueron apenas dos años de *ese* matrimonio.

—¿Sí?

—Sí.

—¡Qué cosa tan extraña es el tiempo!, ¿verdad?

* * *

El abogado se mueve de un escritorio a otro tratando de resolver los inevitables errores burocráticos de última hora. Ella, sentada a mi lado, voltea incesantemente, pero con mucho disimulo (piensa), el rostro hacia el pasillo del ascensor y las escaleras. También es posible que yo lo haga, pero no me doy cuenta, porque mientras espero su llegada me concentro, aun sin querer, en esta pobre vieja huérfana de amor a la que ayudé a escoger el vestido y los zapatos más apropiados para la ocasión, a pintarse los labios y las mejillas con tenues tonos de quinceañera, sintiéndome sacerdotisa de un ritual que se me ocurre, estúpidamente, podría dividirme en dos, como una vez el otro rito, el de más de tres décadas atrás, fue promesa de hacerme una. Y él lo sabe, porque justo antes de firmar dirá las molestas palabras que preveo mientras esperamos su aparición: "Ella nada sabe de nuestra felicidad. No asistió aquel día, no te acompañó entonces, pero hoy te trae a este otro Juzgado, precisamente para ser testigo de un acto que nos duele."

El abogado se acerca y nos invita a un café. Quiere parecer simpático, habla de la incompetencia de no sé qué personas que allí se encuentran, de lo sencillas que serían estas cosas si... Sé que quizás estoy perdiendo la oportunidad final de aproximarme a esos ámbitos desconocidos, escondidos, custodiados por las amarguras y estériles sufrimientos que han sido su casi única respuesta a la vida desde que yo pueda recordarla. Es probable que hoy se sienta débil como nunca. Hoy he podido, podría aún, doblegarla; con un pequeño empuje de mi parte se desnudaría por fin ante mí, ante alguien. Pero en este instante me empeño en comprender que el mundo de esta mujer, el que siempre pensé me daría las claves de mi propia libertad, no es asunto mío. Evito la imagen oscura y verdadera de mi madre, si es que existe, si es que yo no me he inventado una esfinge que en vez de hacer preguntas dé respuestas, porque me digo que prefiero crearle alguna otra para mi álbum exclusivo. Prefiero imaginar sus flaquezas a ser testigo de ellas, prefiero el mundo tamizado por esta escritura al que sé, inevitablemente, me queda por herencia.

* * *

Mi mano busca su brazo flácido, como para protegerla de toda posible claudicación, cuando aún sin verlo me lacera su presencia. Viene solo, lo sabía: nunca abandonará sus gestos de galán pasado de moda, pero ella todavía duda buscando con la mirada a alguien que jamás conocerá. No se asombra al verme. Lo saludo con timidez, pido la convenida bendición e intento un beso en su mejilla de minúsculas púas que invocan, muy dolorosamente, las remotas caricias infantiles en la piel siempre hiriente del rostro de un hombre que adoré. Luego ellos se miran y emiten al unísono cierto ruido indescifrable mientras mueven sus cabezas en un ademán de saludo propio de dos torpes adolescentes. Para mí, sus frases que ya conozco, firmas y sellos se suceden con sorprendente rapidez, como en cámara acelerada, quizás porque evito sus caras, palabras y gestos, observando embobada los mecánicos e ineficaces movimientos de oficinistas y mecanógrafas.

—La historia no debió terminar así —masculla como despedida dirigiéndose a ella con voz afónica, sofocada por tantos años de continuas borracheras y trasnochos—. Nunca debió terminar —finaliza en un tono poco más alto y algo patético.

—Papá, la historia se terminó hace muchísimos años —intervengo por fin.

—Sí, tal vez. Para entonces tú no sabías hablar bien.

—Ahora sé.

—Y también le gusta escribir, como a ti —dice ella abogando por una imposible reconciliación.

—Sí, lo había oído.

—Y le gusta beber, como a ti —completa recobrando en el último instante su irónico y a veces tan desagradable tono, el más apropiado, pienso, para este adiós.

—¡Ah!... ¡menos mal!

El sonido de lo alto

Para José Balza

¿Quién no sabe que en los pueblos se resiste la soledad y el desamparo a costa de las historias de los otros, es decir, de las miserias ajenas? ¿Quién no sabe que la pretendida benevolencia de sus gentes solo oculta la más retorcida necesidad de obtener algún suceso con el que amenizar la lasitud de una vida difícil de sentido?, podría decir ahora, cuando supongo que durante mucho tiempo varias, disímiles versiones recorrerán La Florida. Sobre ella, sobre ellos, sobre mí.

Ella tendría edad para ser mi abuela y a veces, sin embargo, envidiaba su energía. Con frecuencia la veía pasar, decidida, rumbo al centro del pueblo. Reconocía su figura desde lejos por la infaltable sombrilla ocupada en tamizar la crueldad de un sol amenazante para la vieja piel casi transparente. Sin alterar su paso, acostumbraba a voltear el rostro justo frente a la casa y levantar la mano en ademán de saludo hacia la ventana de mi cocina, pero yo, inclusive en los mejores momentos

de nuestra amistad, por alguna razón que todavía desconozco, no siempre me mostraba, y entonces el gesto
quedaba a medio camino, semejando una especie de
frustrado intento por conseguir algo de solidaridad, de
simple compañía, tal vez. Oculta tras la cortina de cua-
dritos, la observaba alejarse con su caminar lento, firme
sin embargo; no dejaba entonces de asaltarme un breve,
pero profundo latigazo de dolor semejante a la culpa.
A ellos, en cambio, los veía menos: supongo que cuando sus viejos y destartalados rústicos llegaban a pasar
por mi calle había acabado yo con la rutina del desayuno alejándome de la ventana o, simplemente, seis casas
más allá, estaba ya entregada a las tareas de maestra de
tercer grado.

Casi desde el mismo momento en que llegamos a
La Florida comencé a oír extravagantes historias acerca de algunos de nuestros vecinos (en un pueblo todos
somos vecinos), entre ellas las de la anciana y sus dos
hijos. Curiosamente, cuando de ésta se trataba, todas las
versiones se detenían en una pelea de tres años atrás,
cuando los hermanos —decían— se juraron, en plena
plaza del pueblo, odio eterno; coincidían también en
mencionar un extraño canto que no podía traer nada
bueno. Pero ni Jorge ni yo les hacíamos el menor caso;
por mi parte, siempre preferí atenerme solo a aquello de
lo que fuera testigo.

"Siempre quise abandonar Caracas —me confió un
día, al comienzo de nuestra amistad—, viví allá más de
veinte años y nunca logré acostumbrarme al ruido, a la
multitud, a un apartamento que me ahogaba". Enseguida compartí su sentimiento, yo, que hasta hacía muy
poco ignoraba el trinar constante de los pájaros y la
soberbia e hipnótica opresión que la naturaleza puede
llegar a causarnos; yo, que tanto me negué a dejar mi

ciudad natal esforzándome por convencer a Jorge de lo absurdo del traslado; preferible era —le llegué a decir— que cambiara de trabajo, que dejara para siempre el oficio de policía. Ella, en todo caso, tenía razones superiores a las mías para insistir en aquella soporífera vida pueblerina: su niñez y adolescencia habían transcurrido en una hacienda a muchos kilómetros del poblado más cercano; su vida de mujer casada, en una pequeña ciudad absolutamente rural para entonces. Una viudez, que calificó de sorpresiva, la obligó, ignoro exactamente por qué, a mudarse a la gran capital con los dos hijos tardíos que aún no alcanzaban la adolescencia. Cómo pudieron llegar aquí hace diez años, tampoco lo tengo demasiado claro, pues acostumbraba a cambiar el relato de acuerdo con su estado de ánimo. Contenta podía decir que su marido siempre le habló de La Florida, o que los muchachos la habían secundado convencidos de la gran prosperidad que ofrecía la región; serena, que fue una absoluta casualidad; triste y deprimida, que ella jamás habría escogido este lugar tan lejano, pero sus hijos, de alguna manera (¿cuál manera?, me preguntaba yo sin atreverme a proferir palabra), le habían impuesto ese destino.

Sabía, como todo el mundo, que el moreno vivía con ella y el rubio en la casa vecina, también propiedad de la anciana. Se había casado con una muchacha que sacó del más mísero burdel de La Florida (me lo contó Jorge, por eso lo creo). Hubieran tenido tres hijos, pero el último, una niña, se negó a la vida y casi arrastró con ella a la madre, una mujer extremadamente frágil que nunca pareció recuperarse de un todo de la inexperiencia de los pasantes y el maltrato hospitalario. Los otros, dos varones morochos que a veces me dedicaba a observar en los recreos asombrada del parecido con padre y tío, blanco y brusco uno, oscuro y delicado el otro, constituían la única dicha de la anciana. Desde el primer momento —contaba con orgullo, y no tengo por qué dudarlo—, asumió su crianza ante la desidia de los padres; fue ella testigo único de los primeros pasos y palabras, de los primeros asombros y preguntas. También los enseñó a leer —me confesó— con el mismo viejo *Mantilla* que a los hijos, un librito de páginas rotas, rayadas y curtidas. Un día lo sacó de la cartera y me lo enseñó como quien muestra un preciadísimo tesoro, el mismo día que entre lágrimas habló de nuestra afinidad, es decir, su gran frustración: siempre soñó con ser maestra, como yo.

Creo que fue mi primera amiga en este pueblo, la única si bien lo miro; experiencia curiosa para alguien que solo sabía compartir con mujeres mucho más próximas a su edad; los demás eran solo conocidos, compañeros de trabajo, padres de mis alumnos, gente con las que Jorge debía relacionarse en sus labores de comandante de la policía. Y es que después de esa confidencia declarándome su afinidad y admiración, accedí por fin a conocer su casa, en verdad un honor si aceptaba los rumores sobre su retraimiento y poca sociabilidad.

Después, cada dos o tres tardes nos sentábamos en su porche a conversar sobre matas, recetas de cocina o los puntos de crochet que me enseñaba con envidiable entusiasmo. Ocasionalmente caíamos en temas personales: por mi parte muy poco tenía que contar, mi educación de niña consentida, la congoja de mis padres cuando decidí el matrimonio con Jorge, mi amor por él, el maravilloso día de la boda, este traslado, y el gran vacío, lo único realmente triste de mi vida: la imposibilidad de tener hijos. Ella apenas se atrevía a mencionar cosas realmente íntimas; entre punto y punto del crochet, como muy a la ligera, largaba frases intensas sobre la viudez y la soledad mientras se extendía en la alegría y satisfacción que los nietos le proporcionaban, pero a los hijos o a la nuera procuraba no mencionarlos, y si por alguna razón debía detenerse en ellos, notaba que los ojos cansados se velaban y su voz se hacía tan queda que bien poco podía yo entender, por eso puedo decir que a esos hombres nunca los conocí y tampoco quise hacerlo, no me gustaban. Intuía, aún no sé si con razón, que no eran buenos con mi amiga.

No recuerdo cuándo fue la primera vez que me habló del animal alado, pero seguro que para entonces ya nuestra mutua simpatía estaba consolidada. Me contó que nadie sabía muy bien de qué clase de bicho se trataba, aunque los indios aseguraban que era un pájaro, un pájaro que llamaban "campanero". Y ella lo creía, porque el canto, que desde hacía tres años se escuchaba solo cada sábado en la madrugada —decía la anciana, decía el resto del pueblo—, era precedido minutos antes de un fuerte aleteo y, además, venía de lo alto, de alguna de las ramas de la enorme mata de tamarindo que se expandían hacia uno y otro lado de la cerca que dividía las dos propiedades. En cuanto al nombre, ningún otro le hubiera resultado más justo, pues el choque repetido y persistente de dos potentes cuerpos de bronce era lo más parecido a aquel sonido magnífico e hipnótico. Las primeras veces que la despertó no pudo dejar de asustarse, también inquietó a los muchachos, debe de haber dicho muy de pasada. Luego se acostumbró, se acostumbró tanto que ahora (entonces) los viernes era incapaz de dormirse antes de la visita semanal; en lugar de uno, como los otros días, rezaba tres rosarios, bordaba o tejía hasta las dos o dos y media, apagaba la luz y se tendía en la cama en la espera ansiosa del particular concierto.

A Jorge no le gustó la historia. Si nunca había visto con agrado mi afecto y apego a la mujer, ahora estaba a punto de lanzar una de sus prohibiciones. Pero ese día no lo dejé, continué hablando exaltada hasta concluir que tenía una posibilidad única en la vida, que oír a ese pájaro sería un privilegio, que estaba dispuesta, feliz acariciando la idea de velar junto a mi amiga algún viernes en la noche que a él le tocara guardia.

— Si le crees —me dijo Jorge—, debes creer el resto, lo que también dicen los indios y seguramente no te contó: el canto se puede oír, pero ver el pájaro trae la muerte.

Por supuesto, me reí, me reí tanto que terminó contagiándose, sin poder encontrar entonces argumento alguno para rebatir mis palabras que intentaban ser lógicas, o simplemente "urbanas".

— ... ¿Pero quién quiere ver el pájaro? Yo solo quiero oírlo. Ella nunca me ha dicho que lo haya visto. Solo lo oye, cada sábado lo oye.

Poco tiempo después, la guardia cayó justo el fin de semana. Le recordé mi intención y Jorge tuvo que terminar accediendo, nada complacido, después de ver mis ojos húmedos, no por su incomprensión, sino más bien por tanta insoportable ingrimitud.

* * *

Pasamos la tarde tejiendo (yo, un tapete blanco para la mesita redonda que acababa de comprar, ella un suéter azul y verde para alguno de sus nietos), hasta que el hijo llegó exigiendo la cena a eso de las siete. Preparamos las arepas juntas y comimos después de él, más mal

encarado y hosco que nunca —me pareció. A las nueve vimos la novela, luego apenas pusimos atención al
noticiero distraídas con su colección de viejísimas, aja-
das revistas de manualidades. Tal vez a eso de las doce
nuestros cuerpos cayeron rendidos sobre los chincho-
rros que extendió en la sala, pero por supuesto no nos
dormimos, permanecimos más bien en una especie de
expectante adormecimiento, atentas (por lo menos yo,
no obstante saber que aún faltaban casi tres horas para
la revelación) al más mínimo ruido: los ladridos o reso-
plidos del fiel perro vigilante; el motor de los carros que
pasaban a lo lejos; el canto de sapitos y chicharras; la
remota confusión de músicas bailables desde el centro
del pueblo; los móviles de la casa de su nuera; el choque
de los insectos contra las telas metálicas; el viento que
silbaba entre las ramas de los árboles; los ruidos en el
techo: esas planchas de acerolid que parecen no alcanzar nunca su exacto ajuste, y la respiración entrecortada
y senil de la vieja; algunos de ellos demasiado conocidos
durante mis noches solitarias en espera de Jorge.

Antes de que el pájaro cantara, ella relató una historia que no me atreví a interrumpir, a pesar de que algunos pasajes bien merecían comentario o alguna pregunta destinada a aclararlos:

—Tú los ves tan diferentes y yo también. A veces
me convenzo de que solamente una puede ser la causa:
el padre no fue el mismo, pero esa posibilidad mi marido nunca la supo, ni tuvo tiempo para imaginarla; los
dejó demasiado pequeños, cuando faltaba mucho para
que los rasgos de carácter o inclusive los físicos termi-
naran de tomar su lugar. Ellos, de tan solo sospecharlo,
nunca me lo perdonarían, y yo no podría soportarlo.
Tampoco los traté igual: ahora sé que mi preferencia fue
evidente, tal vez aún lo sea, pero te juro que desde hace

mucho intento lo contrario. Sí, supongo que es cuestión de sangre, que por eso nunca han dejado de odiarse, como los padres, si se hubieran conocido. Pero no creas que ese odio resultó siempre tan visible. Hubo épocas en que casi olvidé mi culpa, en que parecieron entenderse, y el pendenciero protegía al miedoso y cobarde, y el estudioso ayudaba en las tareas al flojo y fiestero. Uno conseguía las novias para ambos y el otro las mantenía con las cartas y los versos de amor. Pero la verdad, esa verdad que nunca sabré si es verdad, amenazaba de vez en cuando demasiado feroz y rotunda: no sé cuántas veces tuve que separarlos, cuántas los he escuchado desearse la más espantosa muerte. Hasta que llegamos aquí traté de esconderme esa posibilidad con mis constantes oraciones llenas de remordimiento, intentando convencerme de que cosas así ocurren entre todos los hermanos. Creo que esta tierra salvaje nos llamó para aclarar por fin los sentimientos. Cuando nos mudamos de la ciudad, uno acababa de concluir su carrera universitaria, y el otro, apenas bachiller, pronto encontró la mujer para casarse, pero eso no era lo que querían; es decir, las ambiciones, que siempre estuvieron confundidas, ahora se mostraron irreconciliables, y la envidia, que nunca se había manifestado definitivamente, afloró para hacerlos enemigos eternos.

No pude contener una extraña ráfaga de miedo oyendo aquella terrible confesión, de la cual, posiblemente, he sido yo la única receptora. Tampoco me abandonó la imagen de los morochos, mis alumnos, copias de padre y tío, y en algún momento del doloroso monólogo me vi a punto de consolarla con esa indiscutible realidad. Era tan obvia, tan evidente la semejanza que de seguro más de una vez en mi larga temporada en La Florida, y especialmente mientras la escuchaba esa noche, llegué a preguntarme hasta dónde podía prolongarse tal similitud: ¿acaso hasta los más hondos sentimientos?, ¿heredarían los pequeños, además del físico y el carácter, el rencor de los dos adultos?, y aquella mujer del burdel, que yo percibía tan débil e inconsistente, ¿sería capaz de encauzar por el mejor camino posible semejantes pasiones, cuando esta otra, firme y animosa, apenas consiguió encubrirlas, disfrazarlas? Sí, quise consolarla, desbaratar su tortura con aquel evidentísimo parecido de los niños con los hombres, sin mencionar por supuesto el resto de mis elucubraciones, pero no pude, no pude articular palabra, ni siquiera fui capaz de levantarme del chinchorro y acercarme al de ella para pasar mi mano por su frente, por su cabeza canosa, para darle un beso y apretarla, lo que realmente fue en ese momento mi único e incumplido deseo: el sueño me rendía.

Me soñé con el vestido de novia mientras Jorge me admiraba embelesado, para luego, sobre una cama de parto, ver surgir de mi sexo a dos niños de ocho años idénticos a los morochos. Soñé que oía el pájaro, una especie de campana remota, infinita, adormecedora que me llevó a los felices años de mi niñez; y soñé después que estaba en el patio de mi amiga, bajo un sol brillante que refulgía a través de la mata de tamarindo, y supe de aquel brillo fascinante porque había levantado mi rostro hacia lo alto para encantarme con la luz, una luz que de pronto se ocultó ante la vista de dos alas inmensas de un pájaro espléndido y majestuoso que comenzaba a emprender su vuelo en busca del cielo.

* * *

Pero debo haber soñado mucho más, porque fue Jorge quien me despertó malhumorado y ansioso enfundando su revólver.

—La vieja —alcanzó a decirme rumbo a la cocina para tomarse, antes de salir presuroso de la casa, un café que debió haberle quemado la lengua—, la vieja se volvió loca: que y que dice que los hijos se enfrentaron en la madrugada en medio de las dos casas, que el casado tenía una peinilla y que ella corrió para arrebatársela, pero cuando pudo hacerlo ya había matado al hermano, que entonces no pudo contenerse y ella misma la lanzó furiosa contra el pecho del otro. Toda una tragedia, ¿no te dije? Ahora no hay quien la controle.

Tampoco en ese momento hice nada por mi amiga. La dejé a su suerte, ni siquiera pregunté dónde la habían recluido. No lo pregunté entonces por la misma y oscura razón que me negaba a su saludo resguardada tras la cortina de mi cocina; y hasta hoy no lo he hecho porque una mínima indiscreción podría frustrar el proyecto que le ha dado sentido a mi vida, el proyecto que de alguna manera a ella debo. También por eso abandoné La Florida y volví a la ciudad: desconozco, me tienen sin cuidado las versiones que en las tardes somnolientas se cuenten vecinos y policías.

A pocas semanas de la tragedia, como Jorge y el resto del pueblo la calificaron, un renacimiento de paludismo azotó la región. Fue cuando uno de los morochos, el rubio, me habló de la madre enferma y de su necesidad de verme.

Apenas oí las primeras palabras de aquella mujer agonizante supe que mi decisión —tomada desde antes, supongo— significaría la separación definitiva de Jorge, pero no me importó ni en ese momento ni después. Mi corazón no fue capaz de ofrecerme otra opción. Soy maestra, soy una excelente maestra —le dije a la moribunda, me digo todos los días—: sabré manejar la situación.

Sé cómo manejar el odio atávico de estos niños, los morochos, ahora mis hijos.

Sur

Podría ir hacia atrás o hacia adelante, hacia el norte o más hacia el sur, hacia el pasado o en busca de algún otro futuro. Sin embargo, lo cierto esta madrugada es que debe partir, huir. Tal es seguramente el único rayo de lucidez que la ha tocado en mucho tiempo. Sabe que hoy la duda no le está permitida, un minuto de indecisión puede prolongar para siempre el pavoroso sopor que la consume, tan diferente al hastío fiel que dominaba su vida aquel ya —le parece— lejanísimo día en que Raiza le habló del sur.

Sobreponiéndose a las contusiones, inutilizada la mano derecha que luce como vendaje un trozo arrancado de su blusa de algodón preferida, recoge lo más rápido que puede algunas pocas pertenencias que sabe no resultarán indispensables. Con el maletín trenzado en uno de sus adoloridos hombros, sale sigilosamente, asustada aún, a la calle principal, es decir, a la carretera. Camina de manera atropellada hacia aquella especie de increíble oasis: un colegio de monjas fundado en medio de la selva antes de que las minas convirtieran al caserío en un basurero humano. Al menor asomo de peligro, se dice, podrá correr hasta sus puertas y golpear, golpear desesperada en busca de ayuda.

Escondida en el sitio más oscuro y cercano a esa gran casa frente la carretera, espera ansiosa el primer autobús que la lleve hacia el norte, o hacia el sur, más al sur.

* * *

Despierta con la luz y lentamente fuerza la apertura de sus párpados hinchados y enrojecidos. La sabana la sorprende tras la ventanilla del maltrecho autobús. Podría pensar que tal vez ya la vida no existe, que aquello revelándose es el preámbulo definitivo a otro mundo: el espacio infinito de la sabana virgen que asoma a lo lejos promontorios de montañas imposibles, lomas truncadas tajantemente como si algún dios feroz —se le ocurre—, ante la grandeza de su obra, hubiese querido mutilar su propia creación, logrando tan solo una magistral paradoja, porque aquellos cerros distantes en los que inútilmente intenta fijar su mirada, aquellos cerros apareciendo y desapareciendo cada cierto tiempo más allá del cristal en que recuesta su frente herida, más allá de los otros que a su izquierda casi tapan por completo las cabezas de los viajeros vecinos, constituyen la más contundente prueba de la existencia y poder divinos.

El frenazo algo brusco del autobús la saca del embeleso prodigioso. Los pasajeros descienden uno a uno: es necesario identificarse ante las autoridades, así lo exige la inminente proximidad de la frontera. Una improvisada y entrecortada historia le sirve para conmover a los incrédulos soldaditos que deciden hacer caso omiso de

los evidentes aporreos, de la tela manchada de sangre
que cubre una de sus manos, para que continúe su destino, cualquier destino en el sur, un poco más allá de este
sur. Solo uno de ellos parece compadecerse realmente
y aconseja: "Cuando llegue a Santa Elena, pregunte por
el hospital... Le falta menos de una hora para llegar. No
deje de ir".

* * *

—Suficiente. En un mes triplicaremos la cifra. En tres,
seremos ricas. En un año ¡millonarias! —dijo Raiza satisfecha, feliz, después de calcular hasta el último centa-
vo de ambas liquidaciones: aguinaldos, prestaciones y
el bono especial que sin duda debía corresponderles el
próximo mes.

Del trabajo como secretaria estaba harta. Redactó
su carta de renuncia con verdadero gusto y no quiso
ocultar una enorme sonrisa ante el jefe que asombrado
leyó su contenido. "Tengo una oferta mucho mejor", fue
lo único que respondió al déspota que meses antes le
negara un aumento de sueldo y que ahora insistía en
esa posibilidad ante su inapelable decisión. Despedirse
de las hermanas sí le resultó difícil. Durante varios días
estuvo construyendo una historia creíble que contuvie-
ra muy pocas palabras y no creara suspicacia alguna.
Finalmente optó por lo más sencillo.

—Nos despidieron por reducción de personal. Raiza está muy deprimida, quiere pasar una temporada
con su familia en Guayana. Me pidió que la acompañara
y yo acepté. Las llamaré en cuanto llegue —afirmó para
terminar la breve conversación, segura de que no lo iba
a hacer.

La noche antes de la partida no pudo dormir: por primera vez intentó razonar, comprender qué la guiaba a semejante deserción, al fin y al cabo su vida era una buena vida. A pesar de no ser una muchacha que se pudiera calificar de bonita, ni siquiera de atractiva, pretendientes nunca le faltaban. Después de las semanales reuniones nocturnas con los compañeros del banco, una cama de hotel se encontraba dispuesta para ella y cualquier amante eventual, alguien que podía convertirse en el novio oficial de unas cuantas semanas. Dos o tres veces se había enamorado, eso creía, pero las rupturas no le dolieron demasiado. ¿Qué más podía decirse de esa vida buena, de esa cómoda vida? No cree que la orfandad le haya dejado huellas, sus hermanas le han proporcionado todo el cariño necesario. Por otra parte, nunca había ambicionado nada más y tampoco ahora lo hacía. Porque lo que la llevaría hasta el sur no era precisamente la razón que Raiza esgrimía. No le importaba ni deseaba en verdad esa riqueza de la que tanto hablaba la amiga. Se iba porque estaba señalado, porque era su destino, eso concluyó entre el sueño y la vigilia la noche antes de abandonar la ciudad en que siempre había vivido.

* * *

Lo primero que hizo no fue correr al hospital, era casi media noche y su cansancio solo exigía un buen baño y una cama. Se hospedó en el primer hotel, más bien modernizada pensión, que le indicaron. Tratando de no mojar la supuesta venda y evitando el roce de los moretones, se lavó lo mejor que pudo antes de caer sobre la cama que humedeció con su cuerpo, rendida, vencida.

Por primera vez desde hacía mucho tiempo durmió sin miedo, sin sobresaltos, hundida en un sueño que repitió una y otra vez la extraordinaria visión de la sabana. Al despertar creyó que habían transcurrido más de veinticuatro horas. La mano dolía, dolía muchísimo y tuvo que soportarlo hasta que vio clarear a través de la pequeña ventana.

Antes de salir contó los billetes y monedas que aún le quedaban, muy poco para alguien solo en el mundo. Posiblemente ni siquiera alcanzara para pagar otro día de hospedaje.

$$* * *$$

No fue desaliento, tampoco repulsión lo que produjo en ella aquel primer vistazo al conjunto de ranchos absolutamente improvisados que Raiza se empeñaba en llamar pueblo. Algo más bien parecido al miedo recorrió varias veces su menudo cuerpo. Una sola mirada persistente y burlona se multiplicó en los tantos hombres que encontraron a su paso, rumbo las dos, sobre los barriales que separaban las maltrechas construcciones, a uno de los tantos miserables albergues, regentado por el contacto de la amiga. Aquel hedor apenas percibido cuando bajaron del autobús pareció hacerse masa consistente pocos metros después: meados y semen tratando de ser ahogados por alguna especie de creolina o kerosén barato. Pero Raiza continuaba hablando con la evidente intención de que ni eso ni otra cosa lograra desalentarlas, como si ignorara que realmente ningún aliento la había ocupado nunca, como si jamás se hubiera percatado de que ella, su indolente compañera en esta aventura, hacía las cosas por hacer algo y la estaba siguiendo en su ambiciosa empresa exactamente por la misma razón, tan solo por seguir a algo o a alguien: un vivir por vivir, con la remotísima esperanza de que el mundo le deparara una sorpresa, cualquier cosa que la sacara de aquella suerte de letargo que era su único estado natural desde siempre. Sí, realmente estoy asustada —pensó convencida—, y esta hasta ahora ignorada excitación, que bien podía convertirse en una válida forma de existencia, era tal vez la señal esperada, la señal de un presagio prometedor. Razón suficiente para no claudicar, para mantener su gélida sonrisa ante la otra que insistía en augurar triunfo, riqueza y felicidad.

¿Cómo fueron los primeros días entre Las Claritas y el kilómetro 88? Hoy, sentada en la sala de espera del hospital, no lo puede recordar muy bien. Seguía fielmente, como solidario animal atento al amo que ofrece protección, a la decidida y optimista amiga que pasaba de un tugurio a otro conversando apasionadamente con seres que quizás alguna vez fueron humanos, dejando sobre las mesas sucias y gastadas, justo al lado de las pequeñas balanzas que pesaban el mineral dorado y las piedritas brillantes, el producto de varios años de tedioso trabajo de oficina. Sus días acababan temprano, de acuerdo con los consejos de aquella mujer avejentada, antigua conocida de una tía de Raiza, que decía ser dueña de la pensión: tras la puesta del sol, hombres sudorosos, de cualquier raza o país, esperaban seguros, recostados de algunas pared y con una Polar entre las manos, a las mujeres nocturnas, siempre dispuestas a calmar la soledad y el cansancio del minero. Por eso las noches eran solo juegos de ludo o bingo, cantado casi a gritos para poderse imponer sobre el ruido persistente de las radios y rockolas vecinas, avivados por las conversaciones de un extraño y pequeño grupo de mujeres —dos indias lavanderas y dos negras cocineras—, compañeras de hospedaje y apostadoras tan compulsivas como la patrona, cubana y pelirroja a la fuerza que no cesaba en advertencias y recomendaciones. Todas esperaban hacerse ricas por un toque azaroso de la suerte, compartían con igual intensidad el sueño y las ilusiones de los hombres bastos y malolientes, como si la proximidad del oro y los diamantes diera obligado brillo a un futuro que se empeñaban en imaginar cada vez más cercano.

* * *

—Sé que no me está diciendo la verdad, pero no hace falta: sencillamente usted ha recibido una tremenda paliza. Según las radiografías no tiene contusiones internas, y los rasguños y hematomas se irán poco a poco, como sucede con cualquier golpe. Lo único preocupante es la mano, la fractura fue grave: no se quite el yeso antes de tiempo y siga exactamente mis instrucciones, estoy seguro de que en un par de meses volverá usted a escribir sus cartas como si nada.

—Soy zurda, doctor, y usted debe sospechar que las cartas no son mi fuerte.

—¡Qué suerte!... la de ser zurda, me refiero... ¿Pero no me va a contar lo que le pasó? Mire, a los médicos de estos pueblos olvidados del mundo nos interesa conocer todo lo que sucede. Por razones profesionales, claro.

—Muchas gracias doctor. La verdad es que la atención aquí es increíble; uno en Caracas jamás podría imaginarse algo semejante.

—¿Entonces no me va a decir nada?

—A lo mejor se lo cuento. Usted se queda aquí, atendiendo a esas personas que esperan allá afuera y yo me voy contándoselo. Caminando despacio hacia el hotel y contándoselo.

—Trataré de estar muy atento a su relato. Y no crea que le hago un chiste.

—Adiós, doctor. Gracias otra vez.

—Adiós...

* * *

"... Y entonces, cuando el dinero se acabó y aún no habíamos obtenido ninguna ganancia con lo invertido, intentamos vender las piedritas que Raiza había comprado los primeros días absolutamente convencida de que eran oro, pensando, creo yo que sobre todo, en eso, en cualquier eventualidad. Claro que de todos modos hubiéramos tenido que buscar trabajo, pero aquel engaño doctor, aquel engaño no solo aceleró lo que tenía que pasar: nos produjo una sensación como de enorme sordidez, y también de desamparo, aunque al mismo tiempo nos dio una especie de seguridad, pues en cierto modo por fin estábamos conociendo realmente, más bien sufriendo realmente, el terreno que pisábamos. Nos sentimos fuertes porque ya habíamos cumplido la iniciación que nos afianzaba como parte de aquella fauna. Creo que ése ha sido el único sentimiento que Raiza y yo compartimos, en el único en que nos hicimos por completo solidarias. A mí, además, como ya le mencioné, había algo que me motivaba y me hacía doblemente valiente:

estaba sintiendo un intenso miedo.

Cuando Raiza, furiosa, enrojecida como nunca la había visto, arrojó las famosas piedritas en un enorme charco, ya mi mirada, clavada en su nuca, esperaba decidida la suya. Es decir, al voltear no pronunció palabra: yo sabía y ella sabía, doctor, y a lo mejor también lo sabíamos el día en que llegamos al pueblo, y hasta antes de salir de Caracas, cuando decidimos renunciar al banco y cambiar radicalmente de forma de vida.

El día de nuestra ronda iniciática la cubana nos aclaró que se trataría de una excepción, pues en cierto modo ella también se sentía un poco responsable, pero que constara que su casa siempre había gozado de muy buena reputación y que por nosotras no pensaba perderla, que solucionáramos nuestro asunto cuanto antes y, por supuesto, que nada de compañía masculina en los cuartos.

Mire doctor, no le voy a negar que sentía asco y que el asco era inmenso, ni tampoco que el miedo dejaba de ser frenesí y recelo a la vez, tan gustoso, para convertirse en verdadero pánico ante ciertos hombres. Pero fíjese usted, el asunto tiene otro lado... Yo era deseada, por primera vez en mi vida era deseada, y me vestía, me peinaba, maquillaba, y caminaba y bailaba y fumaba y bebía solo para eso, para que aquellos seres que llamábamos hombres quisieran estar conmigo antes que con otra, para ser la favorita, la más cara, la más solicitada. Y lo logré, y hasta superé a Raiza, rápidamente la superé, a ella, siempre tan linda, con unas medidas casi perfectas, con una cara de protagonista de televisión. Además, no se trataba solamente del aspecto, eso no basta, ya sabe, es que yo era la que mejor se movía, ¿entiende? Así me lo decían constantemente, y pruebas sobraban. Pero me estoy refiriendo nada más que a los primeros tiempos, porque, claro, después me cansé de tanto esfuerzo para ser la preferida del 88 y Las Claritas. Después, cuando hacía casi un año que habíamos abandonado la pensión de la cubana para instalarnos en un cuartucho con minúsculo baño y cocinita de dos hornillas, comencé a descuidarme hasta en el arreglo, a pesar de los regaños y la violencia de Nicolás, el dueño del bar principal, el chulo, ya sabe. (No sé qué me pasaba, creo que el burdel y sus repugnantes parroquianos me resultaban ya demasiado familiares, demasiado monótona la vida allí, o tal vez simplemente estaba extrañando aquella loca turbación de los inicios). Sin embargo, la fama que llegaba hasta más allá de Upata, me quedó. Y todo siguió más o menos igual hasta que apareció la negra más grande y bella que haya visto nunca. Raiza, con quien casi ni hablaba desde que se convenció de que jamás recuperaría sus ridículas prestaciones, Raiza, le decía, tal vez presintió algo, porque recién llegada la negra vino a decirme adiós: había reunido para volver a Caracas, y me preguntó si tenía algún mensaje para mis hermanas.

—El único mensaje es que ni se te ocurra comunicarte con ellas —y di media vuelta y ni siquiera le deseé buen viaje.

Al comienzo ella se mantuvo un tanto alejada, dándome a entender que reconocía y respetaba mi territorio. Pero ya se puede suponer usted lo que pasó después...

... Hasta que cogí el autobús y llegué aquí, a Santa Elena."

Tomó de una sola vez medio vaso del fuerte aguardiente para luego ensayar una sonrisa seductora, y fue como si cruzara en un solo instante los doscientos y tantos kilómetros que nos alejaban del 88, como si traspasara en un segundo el umbral que la separaba de aquel día en el hospital de esta noche en el *Churún Merú*.

"Ahora no se extrañará de haberme encontrado aquí. En todo caso la extrañada soy yo, de que se haya acordado de mí, de que me haya reconocido después de tantos meses. No tenía dinero para otro autobús, ni siquiera para una buena comida, y el único trabajo que sabía hacer bien era éste... Pero dígame si quiere algo más, porque ya sabe, no puedo darme el lujo de pasar toda la noche conversando. O es que usted es de los que vienen de vez en cuando solo a emborracharse y mirar el espectáculo. No se preocupe por mí doctor, ya sé lo que quiero y me siento tranquila. Me gusta el sur y pronto me voy a ir. Cruzaré la frontera con el dinero suficiente para establecerme en Boa Vista, o quizás Manaos. Por eso me encuentra aquí, juntando, reuniendo para mi próxima vida en el sur, un poco más al sur."

Al final de la cueva

A la salida de la cueva, Ramón vislumbra a Christa sentada sobre una roca, esperándolo. Hora y media más tarde estarán curvando al máximo sus espaldas para introducirse en la última y más hermosa de las salas.

¿Le habrá él contado que tenía apenas cinco años cuando su padre lo invitó por primera vez a acompañarlo en el trabajo? Entonces, aferrado al gastado pantalón del hombre, trató de controlar el miedo durante las dos horas que duró aquel encuentro inaugural con la húmeda caverna que recibía como destino. Fue lento el tiempo de ese iniciático mirar sorprendido hacia las monstruosas sombras creadas por la débil luz, respirando el vaho muchas veces nauseabundo que la cavidad contiene; oyendo atento las palabras del padre que se sobreponen al rudo graznido de los pájaros, antiguos habitantes de aquella oscuridad: memorizadas explicaciones o improvisadas respuestas a través de una voz segura y pausada que trataba de complacer la curiosidad de los turistas. Crecer a la sombra del padre, a la sombra de los enormes aleteos, de las figuras calcáreas que la lámpara refleja, le ayudó a acostumbrarse y a respetar cualquier tipo de tinieblas. Por eso nunca preguntó.

A pocos kilómetros, en la miserable vivienda que ambos comparten, la cueva seguirá siendo el centro de sus vidas. Conversaciones, cuentos y consejos de su padre, convocan la oscura presencia, morada de criaturas misteriosas, a las que en verdad nunca se deja de temer. A cambio del tema prohibido —que para el niño se resume en el remoto recuerdo de un amplio rostro moreno y curvas poderosas de senos y caderas—, el padre insiste en dejarle su único bien, la empírica sabiduría sobre la cueva y las aves nocturnas. Él acepta fascinado, asociando tal vez los secretos del proscrito nombre femenino con la lóbrega región a la que ambos han circunscrito sus vidas.

Uno o dos años de elemental escuela primaria servirán a Ramón para aprender a garabatear palabras y a traducir, no sin esfuerzo, los signos alfabéticos, como aquéllos inscritos sobre las milenarias formaciones: torpe aspiración de inmortalidad de aventureros visitantes, que desde hace más de cien años se han atrevido a violentar la ceguera y el reposo de los guácharos. Nombres y apellidos en su mayoría ingleses, franceses, italianos, alemanes, y las innumerables fechas que se remontan —él sabe— a muchísimo tiempo atrás; muy claros algunos, otros casi borrados sobre las concreciones que el agua transforma lentamente pero sin tregua. Y entre todos ellos, aquél grabado al final de la cueva, antes del helado río subterráneo que lleva a otra sección casi inexplorada, cruzado por dos líneas opuestas con la afilada navaja del padre.

Con apenas quince años y huérfano, Ramón será uno de los pocos guías a la disposición de los curiosos visitantes, adolescente desgarbado en cuya espalda asoma una incipiente joroba, tal vez causada por el peso de dos enigmas, dos cavidades que lo signan: la que lo espera cada mañana dispuesta a ser atisbada con su frágil lámpara, y la otra que contuvo sus primeros latidos durante nueve meses. Para entonces sus días se resumen a un pasar de la cueva a la noche, de la noche a sus sueños —bóveda profunda, a veces con líneas curvas y moreno rostro—, y de sus sueños a la tenue claridad que separa su despertar de los turistas madrugadores. Así, solo es capaz de entender el tiempo como una suma inmensa de días que lo convierten en testigo de las transformaciones que otros hombres proponen para la cueva: caminos y puentes de concreto para evitar que las aguas hostiguen el inseguro paso del visitante; reglas estrictas que prohíben cualquier abuso que altere el sistema ecológico: arrancar trozos de estalactitas o estalagmitas, dirigir haces de luz directamente hacia los pájaros, dejar con improvisados cinceles cualquier marca sobre las frágiles formaciones creadas durante siglos de húmeda labor.

¿Y Christa?, ¿le habrá dicho a Ramón, de veinticuatro años, que ella solo tiene veinte y que también fue su padre quien le dejó la colosal gruta en herencia? Pequeña y rubia, cualquiera diría que testifica en sus rasgos la ascendencia de los mongoles sobre la raza teutona. A pesar de sus enormes deseos de cruzar el Atlántico en busca de ese sitio, solo se decidió a hacerlo una vez terminados los estudios de botánica y en compañía de su novio, arquitecto de rostro afilado y duro, a quien pudo convencer del viaje invocando una y otra vez la figura del célebre barón que clasificó casi toda la flora tropical del nuevo continente. Distraído y ensimismado como de costumbre, Ramón acogió a los dos rubios y jóvenes excursionistas de bermudas, medias y zapatos deportivos. Cumplió con su trabajo sin prestar mayor deferencia a la interminable charla en inseguro español de la muchacha, que excitada y feliz parecía ignorar la presencia del otro —solo de vez en cuando le dirigía alguna frase de sonidos aspirados y cortantes— para dedicar por completo su atención a las palabras del guía, esforzando su vista en el deseo de abarcar todo cuanto la lámpara permitiera, afinando su olfato para aspirar el penetrante olor de pájaros, frutillas descompuestas, agua y barro, mezclado con los sudores exhalados por el cuerpo intensamente moreno de Ramón.

También para él aquel encuentro tuvo excepcional resonancia: insomne, desconcertado, desde la soledad de su chinchorro volvía una y otra vez a obsequiar a la muchacha de inquietante sonrisa las semillas maduras y olorosas ("cada noche los pájaros salen a recogerlas y regresan cargados de ellas; aquí maduran lentamente, aquí fermentan y se pudren"); a rozar la suavidad de sus manos cuando se dijeron adiós a la entrada de la cueva, "...pero no es adiós, volvemos mañana", pronunció ella lentamente en impecable y muy cuidadoso español. Esa noche el rostro y las curvas de sus sueños cambiarían de color de piel.

Volvió sola. Mientras se despedía de sus primeros clientes del día la vio sentada sobre una piedra a la orilla del riachuelo; ya conocía aquel sobresalto, el mismo que multiplicado lo ocupó la noche anterior de vigilia y de sueños. Lo esperaba, quería entrar de nuevo con él, no aceptó ningún otro guía. Esta vez ella habló mucho menos y también debía estarlo haciendo bastante más despacio, o tal vez el oído del muchacho comenzaba a acostumbrarse al voluptuoso acento extranjero. Sin proponérselo, y quizás sin ni siquiera darse cuenta, Ramón espació las escalas del recorrido. Se detuvo a explicar y mostrar con todos sus detalles cada una de las sombras que se proyectaban sobre las paredes de la cueva, el pez, la tortuga, los gemelos, el árbol; las formas caprichosas de las rocas calcáreas que semejaban una virgen, una mesa, una perfecta columna con minuciosos grabados. Ejecutó para ella una extraña melodía en la piedra del sonido; hizo que deslizara sus manos por las planas paredes de la sala de los espejos, que alumbrara sus ojos con la enorme roca que convocaba un gran velo fulgurante de mínimas estrellas. La instó a inhalar aún más profundamente aquellos vapores que constituían la única fragancia por él amada. Ella se asía de su mano o de su brazo tenso cada vez con mayor frecuencia, cada vez con mayor fuerza, turbada y consciente; se encontraba en la cueva que tanto había querido conocer, de la que oyera hablar desde la más temprana edad, y estaba este hombre, parte de ella, tan hermoso, familiar y ahora deseado como la caverna misma: ¿regresar no sería perderse?

Cuando curvaron sus espaldas al máximo para acceder a la sala más hermosa, la última permitida a los turistas, allí donde se encontraban grabados los cientos de nombres que Ramón aprendiera a despreciar, ya ambos estaban vencidos. Se tomaron uno al otro revolcándose, arrastrándose, hiriéndose con los dientes, con las manos y los afilados ángulos de las rocas. Y fue como si la virginidad de Ramón encontrara en la dulce y sabia entrega de Christa el lugar exacto para dar forma y coherencia al deseo contenido durante toda una existencia plena de sensaciones y también de sueños inextricables, haciendo que ella se aproximara por fin al misterio de una brasa que había dado origen a su propia vida.

* * *

Todavía se mantenían abrazados, exhaustos y radiantes, cuando Christa comenzó a contarle de nuevo la misma historia del día anterior: su padre fue uno de los primeros científicos que reconocieron la cueva hasta mucho más allá de donde ahora se encontraban. Vivió algunos meses en Caripe, explorándola, investigándola. Allí había conocido a su madre, y de vuelta a Leipzig la llevó con él. "De ella, la pobre, que seguramente murió de tristeza o de tanto frío —continuó contando distraída mientras deslizaba sus dedos sobre la pequeña cruz tal vez aún ávida de venganza—, solamente recuerdo un amplio rostro moreno y sus curvas, sensuales, poderosas".

Epitafio

Un leve quejido, un apenas perceptible crujir de las cabuyeras, la sacaron de aquel inquieto letargo en que se había convertido su sueño nocturno durante los ocho últimos años. El "¡Manuel!" fue acompañado de un golpe del corazón, de un salto en dirección al suiche de la luz para luego voltear hacia el cuerpo del hombre que ya sabía muerto.

Ninguna de sus acciones fue entonces azarosa: muchas veces se había repetido con minuciosidad la lista de cosas imprescindibles que debería realizar en aquel momento. Solo que ahora se daba cuenta de que podía tomarlo con calma.

Al amanecer, después de haberse fumado cuatro cigarrillos con la vista fija en el chinchorro que ocupaba el cadáver, telefoneó al menor de sus hijos en una ciudad a más de seiscientos kilómetros de distancia, encomendándole avisar a los otros, también lejanos. Había tiempo, mucho tiempo antes de la llegada del primer avión. Hoy no tendría que apresurarse a preparar el cereal del desayuno para el enfermo, que arrastrarlo hasta el baño, que vestirlo y forcejear con la oxidada silla

de ruedas para llevarlo a tomar un poco de sol mañane-
ro; ni siquiera que ir al mercado a comprar las verdu-
ras frescas para la sopa del mediodía. No lavaría ollas y
platos sucios, no limpiaría meticulosamente aquel cuarto encerrado y, según sus hijos, maloliente. Hoy tenía
derecho a sentirse cansada y a hacerlo todo sin ningún
tipo de apuro. Puso sobre la cama matrimonial el flux de
lino beige, la camisa blanca, el interior y las medias hace
tiempo preparados. Coló y bebió su acostumbrado café
negro con la mirada perdida entre las matas del patio,
estaban mustias, demasiado abandonadas, les hacía falta un poco de cariño; este fin de semana podría dedicarse a ellas: cambiarles el abono, cortar las hojas y ramas
secas, hablarles con dulzura. Lentamente lavó la taza
antes de buscar la ponchera con agua, el jabón y la suave esponja del aseo cotidiano. Otra vez en el cuarto, lo
desvistió apartando con sigilo el calzoncillo manchado.
Completamente consciente de este rito final, se dispuso
a limpiar sus sudores, orines y escasos excrementos. No
lloraba, no sentía ninguna necesidad de hacerlo.

Pero en esta ocasión, la esponja, el agua y el jabón
quedarían para más tarde. Con la punta de los dedos
de su mano derecha, lentamente, temerosa y con los
ojos cerrados, se dedicó a palpar la piel ya fría del que
acababa de convertirla en viuda. Detalló cada uno de
los rasgos, en otro tiempo demasiado amados, del rostro decrépito y áspero, se deslizó por los brazos flácci-
dos y el ancho pecho, que reveló a su tacto la maraña
de retorcidos vellos capaces de erizar los pezones que
acostumbraban a recibirlos como la más familiar de las
caricias. Desprendió entonces su otra mano del borde
del chinchorro, obligándola a sumarse al recorrido de
las largas piernas que se empeñaba en volver a sentir
fuertes y tensas. Una y otra vez, de uno a otro extre-

mo, fue acelerando el repetido movimiento. Como en un masaje desesperado, sus dedos, ya engrasados de la sustancia pastosa y fétida, parecían pretender devolver la vida a aquellas extremidades que tras la larga inmovilidad semejaban solo enjutas varas de goma. Fue entonces cuando, aún sin abrir los ojos y al borde del desaliento, se percató del minúsculo y lánguido miembro que revivió su memoria, adormecida durante un tiempo infinito por el inacabable trajín de empírica enfermera. "¿Recuerdas, Manuel, lo grande que podía ser?, ¿recuerdas su potencia feroz?, ¿como fui incapaz de controlarlo en el momento de engendrar los últimos dos hijos no deseados? Nunca pude negarme a tus constantes requerimientos. Para engañar mi deseo, acostumbraba a repetirme los ineludibles deberes de una esposa, creyendo librarme así de la culpa que para mí representaba necesitar tanto que me poseyeras, o más bien, poseerte, sentirte dentro de mí, confundida yo, recorriendo vastos espacios de absoluta plenitud, salvada al fin de la insoportable cotidianidad de una ejemplar mujer casada, siempre silenciosa, sufrida y torturada por ese mismo silencio que me impuse como regla de vida. Y es hoy, cuando creo que no puedes oírme ni adivinar pensamientos a través de esos ojos que no cesaban de perseguirme, el día de mis verdades. Hoy puedo rebelarme tranquilamente y sin testigos contra esa absurda vida que tú impusiste y yo acepté. ¿Qué me hizo tan sumisa como para acatar sin réplicas la pobreza a la que me condenaste?, ¿acaso la pasión por tu piel pudo cegarme hasta el punto de no ser capaz de reaccionar drásticamente frente a tus locos, torpes, disparatados negocios? ¿Crees que fue muy fácil para mí abandonar una tras otra las casas que con obligado entusiasmo me empeñaba en hacer habitables? Cada vez menos espacio, menos comodidades, mayor humildad; cada vez vecinos más bastos y procaces. Pero qué te puedo reclamar yo, yo, que abandonada en ti y en tu ardor ni siquiera pude presentir a tiempo, en tantos, tantísimos años, ese desajuste que revelaron los médicos cuando ya todo estaba perdido, cuando tú estabas perdido bajo la condena de vivir, cuando ya estabas muerto: nueve años desvariando, ocho sin poder caminar, siete postrado en un chinchorro, cinco de absoluta mudez. Pero si hubiera sido solo eso, quizás en este momento podría perdonarte".

Ahora, desnuda frente al espejo del escaparate, fatigada por la inútil empresa de minutos antes y olvidando su repentina decisión de un baño que la reanime, observa un cuerpo olvidado de líneas curvas que hoy penden hacia el suelo, de blanca piel que hoy se muestra transparente y marchita. Por esto sí podría llorar, pero como de costumbre no se dejará dominar por la adversidad: intenta superar la desagradable sorpresa del cuerpo desconocido, que es suyo, sumiendo el vientre, alzando los senos con sus manos aún inmundas, e increpando al rostro sin vida que de medio lado también se muestra en el cristal: "¿Te gusto, Manuel?". "Mucho, mucho", solía contestarle en los primeros tiempos, cuando ella, todavía adolescente, jugaba con el hombre enamorado. El "me muero por ti" vino más tarde, después de las explicaciones que exigiera en vano tras el encuentro azaroso con aquella recepcionista que simulando ingenuidad malogró su vida:

—¿Lucía Martini? Entonces usted debe ser hermana del señor Martini, el de mi vecina.

—¿El de su vecina?

—Sí, el señor Martini la visita casi todos los días. Llevamos tantos años viéndonos que ya hasta me saluda.

—¿Y cómo se llama su vecina?

—Gloria Requena, ¿la conoce?

—No, primera vez que la oigo nombrar. ¿Pero por qué la visita el señor Martini?

— No sé si debo decírselo... si su hermano no se lo ha contado...

— Por favor, señorita, termine de hablar.

—Tienen dos hijos. Dos varones, de cuatro y dos años. Pero tal vez no sea el mismo señor.

—Tal vez. Yo tengo tres hermanos —dijo recordando a sus dos cuñados, los únicos de la familia en edad de tal situación.

—Es un hombre alto, moreno.

—No me dice usted nada.

—Usa sombrero.

—Dos de ellos usan sombrero —respondió llena de esperanzas y con el corazón latiendo como el de un condenado ante su victimario.

—Trabaja en la municipalidad, creo. ... ¡Pero señorita!, ¡señorita, ¿no iba usted a verse con el doctor?! —gritó irónicamente la recepcionista mientras ella se alejaba casi corriendo, chupándose las lágrimas, los mocos, tratando de no llorar, como solo lloraba entonces.

"Quise creerte Manuel y por eso no insistí, por eso no averigüé, por eso nunca más volví a la consulta de aquel doctor. Te amaba demasiado: no hubiera sido capaz de ponerte a escoger: ¿quién podía asegurarme el triunfo?"

Volteándose hacia él, ahora se acaricia a sí misma en patética actitud provocativa, desplaza sus manos por la envejecida piel creyéndose capaz de recuperar la única felicidad conocida. "¿Te gusto, Manuel?, ¿te gusto?. Di que sí, dime mucho, di que te mueres por mí, pruébamelo, dímelo", insiste ansiosa arrojando del chinchorro a la cama aquella masa esquelética y sin vida que después de tanto tiempo vuelve a despertar su deseo. Monta sobre él e intenta repetir remotos, ágiles y felices gestos de placer. Besa, muerde, desplaza su vagina frenéticamente por el tórax velludo hasta el desgarrador aullido final que la devuelve, que la tiende, exhausta y llena de lágrimas, sobre el cuerpo del viejo hace mucho tiempo inútil, mudo, muerto

Adiós

Lo he visto muchas veces, pero lo miro por primera vez: amplio y magnífico, lento y cruel. Cruel, como el hombre que se ha ido, pero no para siempre, porque es él quien no me permite lo único que en verdad desearía en este momento: continuar mirando embelesada, abstraída, el acompasado transcurrir de las aguas y de la vieja chalana cruzándolas hacia el otro lado.

¿Es en verdad el hombre quien me lo impide, o acaso la niña?

Como de costumbre, me impongo ser sincera: el dolor de la pequeña es lo que me impulsa a participar en una suerte de invocación que aleja el letárgico disfrute del espectáculo, pero es el hombre el causante, es a él a quien ella reclama, conjura. No por eso abandono sin embargo la visión del río, más bien comienzo a observarlo con verdadera avaricia, con un deseo extraño y vehemente de aprehender cada uno de los detalles de este paisaje que aún no sé si me pertenece, solo sé que es el mismo que debe haber llenado sus ojos e imaginación durante todo este tiempo, el tiempo de su abandono: una vida completa. (La niña —la siento— habría deseado ocupar siempre el lugar del río ante esa mirada, triste, como la mía, del hombre).

Todavía puedo apartarme del sortilegio, pero por un instante, por un momento (por lo que haya durado mi vacilación frente a la posibilidad de entregarme o huir), me rechazo a mí misma, yo, lo que soy, ante estas aguas. Me niego al enorme, amenazante rencor, a la rabia que podría hacer estallar un llanto capaz de confundirse con el dolor de una pérdida que no es tal: "no se puede perder lo que nunca se ha tenido". ¡Ah, qué barata filosofía! ¿Quién ha dicho esas palabras? Parecen pertenecer al hombre, nunca a mí; menos a la niña.

Él, entonces, cuántas veces se paró en este exacto punto del paseo, asiendo con sus manos las mismas barandas a las que me he aferrado distraída. Cuándo, por última vez (¿última vez?), desde este preciso ángulo contempló la misma chalana, los mismos botes, los mismos hombres y mujeres de pieles tostadas y lustrosas de tanto sol y humedad (aunque las aguas hayan sido otras, aunque las formas misteriosas de las nubes nada tengan que ver con las que se perfilan en esta mañana, casi mediodía, de marzo).

Pero estas preguntas absolutamente vanas acaso solo tengan que ver conmigo y nada con la niña que insiste en solicitar otra cosa, a él: su presencia. ¿Querrá reconstruir fragmentos de una larga vida que pudieron suceder justo frente a este paisaje?: ¿los juegos infantiles?, ¿las tímidas y luego atrevidas caricias a las muchachas?, ¿las esperas de la chalana o de antiguos vapores?, ¿las interminables parrandas con los amigos?, ¿o tal vez el día en que conoció a su madre, cuando le declaró su amor y dio un primer beso? ¡No! Ni siquiera lo que ella desea es volver a pasear (¿o imaginarlo?) sobre sus hombros por este malecón, riendo a carcajadas y afianzada a su cabeza (segura de la vida), despeinando el negro pelo, rastreando con sus manitos felices los minúsculos aguijones de sus mejillas y mentón. No: no le interesa "revivir" nada (y yo, por mi parte, nunca he tenido mayor interés en fantasear con vidas que me resultan completamente ajenas). Ella lo quiere a él, lo quiere ocupando el espacio exacto en que yo me encuentro frente al río, que sea él quien observe el monótono desplazamiento de las aguas oscuras, que sea él (no yo) quien piense en una niña y una mujer que ama. (Que por ejemplo piense...). Pienso en ellas tomadas de la mano caminando presurosas por alguna calle de alguna lejana ciudad... rumbo al "colegio de las monjitas", como lo cuenta en la hoja de papel cuadriculado, la primera carta que me escribe y la primera de las muchas que escribirá en su vida. Letricas esforzadas, torcidas y felices que yo no ayudé a construir ni a conocer y que nunca ayudaré a embellecer, letricas que sirven además para decir que me quiere más que a nada en el mundo, que cuándo voy a verla, que le hago falta, que le escriba mucho... El sentimiento es lo que se llamaría profundo y verdadero, tanto que este hombre que soy no puede evitar (tampoco lo intenta/intento) un inmensísimo dolor que nubla la visión del río y la chalana, que surca, líquido y delgado, la barba de varios días.

Una brisa, violenta y húmeda, recobra lo que soy. Supongo que debo suponer a la niña satisfecha y eso de alguna manera me tranquiliza: he pasado aquí tanto tiempo que hasta podría afirmar que el paisaje ahora sí es parte mía (¿me reconozco en él?); tanto tiempo que ya todo el mundo habrá notado mi ausencia y estarán murmurando, preguntándose, aguardándome para la partida y proseguir así con el ritual. Pongo de nuevo los lentes oscuros sobre mis ojos con la misma avie-

sa intención con que los lucí durante toda la mañana
(entre las luces opacas de aquel sitio cerrado y ago-
biante donde tanta gente me esperaba, a donde me
dirigí directo desde el aeropuerto): ocultar la falta de
lágrimas, y doy la espalda al río decidida a regresar,
pero ella otra vez me detiene, no le ha bastado, espera
explicaciones. Sin dudar torno la vista al agua y mis
manos se afianzan nuevamente a la baranda, dispuesta
a reanudar el avasallamiento, justo en el instante en
que él saca/saco del bolsillo un sobre con su nombre
(el de la niña, el mismo de la mujer en que se ha convertido), un sobre aún sin estampillas que nunca llegará al correo y lo estrujo hasta convertirlo en una perfecta bola blanca de papel (¿ha sido todo tan rápido que ni
la niña ni ella pueden saber si pensé en algo?, ¿o acaso
la niña sí sabe pero no ella, que se distrajo en el tañi-
do de unas lejanas campanas evocadoras de las voces
de aquellos que la esperan?) que no vacilo en arrojar
al río (¿con desdén?, ¿con cansancio?, ¿con tristeza?)
desde aquí, desde este exactísimo punto del malecón
donde yo, la que soy, vuelvo a ser, donde yo ahora,
incapaz de controlar más mi furia ante tanta inclemencia (tantísimos años de inclemencia) sin explicaciones,
me olvido definitivamente de la niña e increpo a todos
los infiernos, exijo que me digan por qué después de
muerto el hombre parece seguir burlándose de mí. Tan
solo una respuesta, cualquier respuesta hubiera bastado a mis no sé cuántas cartas y mensajes infantiles;
tan solo una palabra, cualquier palabra más allá del
"Dios te bendiga" de nuestros fugaces y muy escasos
encuentros (siempre provocados por mí, siempre yo
considerada, demandante, suplicante) a lo largo de la
vida, mi vida. Y ahora esto: gesto que se inició con una
esperanza (mía) de contrición, pero que terminó sien-

do intencionalmente fallido; gesto de un muerto que se sabe vivo mientras yo lo mantenga.

Qué crueldad reafirmar su silencio ante el espléndido paisaje que (me) ha resultado su única (¿significativa?) herencia. Como si yo le hubiera pedido algo... como si hubiera sido yo y no la niña. Como si hubiera sido solo la niña, y no yo también, quien estuvo a punto de llegar al anhelado (cualquier) desenlace, tal cual esos sueños excitantes, maravillosos o macabros que al truncarse en el instante último de la revelación, nos provocan un desasosiego que continúa después de despertar, durante días, semanas, incluso la vida entera, dejándonos en el más absoluto desamparo (ese sentimiento que siempre me ha devastado y que ya sé para el resto de mis días), en tanta ansiedad que estoy por fin llorando, llorando de forma desesperada, llorando como nunca más volveré a llorar por causa de ese hombre (¡lo juro!). Así, literalmente anegada en lágrimas, casi corriendo, conseguiré finalmente desprenderme de la baranda, desandaré las cinco cuadras que me separan de la funeraria, y allí, al levantar la vista, todo me resultará oscuro, borroso, indefinido a través del cristal de mis lentes de sol completamente empañados no por la humedad del río, incapaces ya de ocultar la verdad de mis ojos. Alguien se acercará y me abrazará condolido: la única hija ha reaccionado, cumplido como se esperaba con ese hombre tan bueno, tan admirado, tan querido por cantidad (cantidad que jamás podría haber imaginado) de familiares y amigos que no han cesado de lamentar su pérdida de una manera asquerosa e hirientemente sincera.

Luego, cuando todo haya acabado: funeraria, misa, cementerio, oraciones y palabras; cuando solo falte una hora para el despegue del avión rumbo a Caracas, regresaré a este lugar del paseo Falcón (¿se llamará todavía así?) y la flor que no quise arrojar sobre su féretro, la lanzo ahora al río (¿con desdén?, ¿con cansancio?, ¿con tristeza?) para que la niña, no yo, le desee "descanso eterno", y me diga: "...Más de lo que él nunca hizo por nosotras".

Océano

¿Qué estará pensando?, es la pregunta que me hago, la que ella más detesta.

—¿En qué estás pensando?

Sé que no le gusta, no porque me lo haya dicho, sino por la manera en que se tensa cada vez que la escucha. Desde hace un tiempo ha optado por no responderla, por hacerse la sorda, pero yo igual se la hago, tal vez porque siento un morboso placer al observar la leve transformación que sufre en ese instante, cuando eleva los hombros y el rostro, cuando su boca se contrae en un rictus de disgusto controlado y la mirada se le extravía en la distancia. Como ahora, que dejó de observar sus manos para clavar la vista en el horizonte perdido de esta recta carretera que parece no tener fin, que por momentos deforma o difumina acuosa la intensa luz de la tarde.

Sus últimos días no han sido fáciles, tampoco los míos o, más bien, sospecho que son los acontecimientos que a mí me han tocado los culpables de su malestar. Y eso que he tratado de no involucrarla, de evitar los detalles, de contarle lo menos posible. Tampoco quise que me acompañara, pero ella se empeñó argumentando cansancio, que un viaje, y más aún este viaje, le haría mucho bien. No habló de apoyo, no habló de solidaridad, y ni un asomo de sonrisa en todo el trayecto. En verdad no se puede decir que se sienta ni siquiera a gusto.

Así debería ser la vida, con el mismo paisaje hacia delante y hacia atrás, derechita y bien pavimentada, sin sorpresas, sin zozobras, sin posibilidad de pérdida, como esta vía que conocí con él, entre tantas otras.

Antes de que él apareciera, impregnado de ese espíritu excéntrico que domina a todo viajero impenitente, las carreteras fueron siempre experiencias bien poco placenteras, un inquieto fastidio que enturbiaba la posible belleza de cualquier paisaje; debe ser porque me dominaba la apremiante necesidad de un final, de la llegada. Con él hizo su aparición un sentimiento nuevo: poco a poco fui aprendiendo que el desplazamiento es parte muy importante del lugar que abandonamos y del que alcanzaremos, al fin y al cabo, es lo que los une. Y más aún, en ese periodo que transcurre entre uno y otro punto se encuentra la esencia, el más grande disfrute de cualquier viaje. Fue todo un descubrimiento, la verdad, y un día me encontré proponiendo los próximos itinerarios cada vez más lejanos. Para entonces ya había comprendido también que los viajes eran parte fundamental de mi objeto de deseo: nada me estremecía más que verlo manejar.

Lo miro de reojo, no quiero que lo note: su brazo aún es hermoso, aunque la firmeza no sea igual y los vellos hayan empezado a desaparecer o a blanquear. Es el mismo cuya sola visión cambiando las velocidades me empapaba como por arte de magia. Creo que ninguna palabra, ningún gesto, ninguna otra parte de su cuerpo podía lograr en mí lo que ese brazo moviéndose entre el volante y la palanca de mandos. Solía extasiarme en él, prolongando hasta el máximo mi deleite, como si fuera yo el carro mismo bajo su dirección decidida y viril. Nunca se lo dije, menos ahora. Nunca lo sabrá.

¿Por qué quise venir?, ¿acaso tratando de recuperar lo imposible?, ¿para sufrir más aún este sentimiento de pérdida absoluta?, ¿o de verdad porque creí que me haría bien volver a contemplar la línea recta de este camino, la también recta infinita del horizonte que apenas se altera con suaves curvas de lejanos cerros azules y morados? Todo menos servirle de compañía o de sostén en su angustia. Siempre ha sido evidente que se basta solo para este tipo de cosas, y para casi todo lo demás.

Como al descuido, incluso con cierto desgano, ha puesto la mano sobre el asiento. No debe ser gratuito, su costumbre en estos casos es mantenerla entrelazada con la otra; además, es muy poco o nada lo que ella deja al azar. Supongo entonces que se trata de una señal y nada deseo más que responderla: la tomo, solo espero que no salga con aquello de mi obligación de atender el volante. No lo hace, deja que se la estreche, al principio suave, luego fuertemente, mientras sigue viendo al frente como si ese miembro de su cuerpo fuera un objeto cualquiera ajeno a ella por completo, como si ni siquiera se hubiera enterado de que llevo ya varios minutos conduciendo solo con mi mano izquierda.

¿Recordará la primera vez que cruzamos este paisaje, cuando detuve la vieja pick-up con la excusa de caminar un rato, y a los pocos pasos la abracé y penetré mi lengua en las profundidades de su boca bajo incipientes gotas de lluvia que se convirtieron en tormenta justo con el conjunto aullido final ya dentro de la camioneta? Fue algo tan extraordinario que no pude controlar la tentación de convertirlo en rito. Tres o cuatro veces traté de repetirlo exacto en el mismo lugar. Por mi parte diría que lo logré, pero dudo que ella; solo así podría explicarme sus posteriores negativas.

Esa vez, lo comentamos después, ambos elevamos al cielo la misma oración. Como todos los amantes pletóricos, suplicamos que ese instante se hiciera infinito, y ahora, con sus dedos presionando apenas los míos, se me ocurre pensar que la petición se cumplió, que todo cuanto ha ocurrido en los miles de actos intermedios entre cada uno de nuestros actos de amor no han sido más que sueños, algunos brillantes, otros dolorosamente opacos.

Sé que lo que me espera es aún más triste que las noticias recibidas, pero este leve gesto es capaz de rescatarme de cualquier dolor.

Tal vez deba poner un cidí. Eso nos ayudará a mantener el silencio, la mejor forma que hemos conseguido para entendernos. Así también podré rescatar mi mano y sobre todo rescatar la de él para el volante. Se niega a aceptarlo, pero ya no posee la pericia, los reflejos de otros días. Reviso una y otra vez los pocos discos que traje. Estoy a punto de elegir uno que solo oímos en los viajes hacia el sur, viejos corridos llaneros que avivan la nostalgia por mi niñez pueblerina, pero recuerdo que a él nunca le han gustado demasiado. De seguro prefiere algo de música clásica, la única que tengo aquí, *Las cuatro estaciones* de Vivaldi.

Con los primeros compases, volteo ya sin disimulo hacia él. Corresponde a mi mirada solo por un segundo con absoluta inexpresividad, ¿para confirmar que en efecto lo estoy viendo o para hacerme saber que ningún acto o gesto mío se le escapa? Y así me quedo, admirando el perfil hermoso a pesar del paso de los años en un intento inútil por penetrar sus pensamientos, porque lo máximo que logro, por el frunce del entrecejo, es percatarme de sus ojos heridos por la luz. Busco los lentes oscuros en la guantera y se los extiendo, los toma y ni siquiera dice "gracias". Él, que se la pasa dándome las gracias, gracias si le sirvo la comida, gracias si lo despierto a la hora, gracias si hacemos el amor. Me cansé de decirle que detesto esa palabra entre nosotros, y sé que su falta ahora no implica para nada que haya decidido complacerme, más bien debe tratarse de una molestia que no comprendo o, tal vez, sería lo mejor, que se haya ensimismado en la ansiedad que debe estar dominándolo.

Ha dejado de mirarme y ahora se dedica a estropear la melodía con un tarareo y ritmo infames. Me siento engañado, como tantas otras veces. La insulsa presión de su mano en la mía no tenía el menor significado, ningún sentido excepto hacerme ilusionar con la remota posibilidad de algún entendimiento. Aunque es probable que la intención haya sido demostrarme una solidaridad a destiempo, como si en efecto tuviera conciencia de mi necesidad de ella y, más triste todavía, como si ella fuera capaz de brindármela.

No resisto un segundo más su canturreo sobre el Allegro. Con gesto brusco apago el reproductor. Asombrada, voltea de nuevo a mirarme, pero es incapaz de emitir ni una sola palabra. Ya sé todo lo que viene, se abstraerá de nuevo en alguno de los muchos asuntos que la preocupan y desconozco. No, esta vez va más allá: ensaya diferentes juegos con las manos, a lo que sigue el estiramiento y consecuente tronar de ambas y luego de cada uno de los dedos (¿será que quiere despegárselos?). Enseguida, algo que no la había visto hacer nunca, como si estuviéramos bajo cero se estruja los brazos desde los hombros hasta los codos con rápidos movimientos. Finalmente parece que le faltara imaginación para otra violencia más contra sí misma y opta por el cruce decidido de los brazos, marcando así la más rotunda declaración de hostilidades.

El momento más doloroso de una relación no está en la constatación de las infidelidades del otro, ni en la de su olvido, ni siquiera cuando comenzamos a sospechar que el deseo, o aun el amor, hace tiempo han desaparecido; lo realmente insoportable es la certeza de que hemos sido incapaces de cumplir el juramento implícito en cualquier relación amorosa: la felicidad del otro. La falta no es solo mía, o de él, la compartimos con el género humano, y lo peor es que la advertencia se encuentra en cualquier elemental libro de autoayuda: no podemos dar lo que no tenemos.

Entonces, qué nombre darle a la dicha compartida, qué nombre darle, por ejemplo, a lo que solía suceder en alguna parte de esta carretera, cuando él detenía el auto a un minúsculo gesto mío y nos dedicábamos a acariciarnos y besarnos como solo entonces sabíamos hacerlo, con aquella pasión que ya hasta se me hace difícil recordar. Sí, esa debe ser la única felicidad, lo otro es un invento de seres desquiciados por un sentimiento que nos sobrepasa, que está más allá de cualquier inconmensurable esfuerzo de comprensión.

Invento ha sido también que este viaje podía darme alguna respuesta o, al menos, alguna posibilidad de escape.

Falta poco para la curva que nos sacará de la sensación de eternidad que trasmite esta carretera. Algunos kilómetros más y aparecerá la entrada al lugar de destino. Más que lo que voy a encontrarme, me preocupa la ausencia definitiva de ella. Si no hubiera venido yo estaría quizás pensando en cómo solucionar todo a la vuelta, planeando llevarle un ramo de las exóticas flores del camino, ensayando lo que le contaría al regresar, los detalles de cada uno de los encuentros y conversaciones que ahora me toca mantener en su presencia, con ella próxima, testigo y juez de todos mis actos, lo que más le gusta, lo que yo menos soporto.

También ella parece recordar muy bien todos los resquicios del camino, sabe próximo el término de esta vía, porque por fin descruza los brazos y vuelve a dedicarse a la búsqueda de una música que adivino, el indio Figueredo, sin duda. Ya tiene el cidí entre sus manos, pero antes de introducirlo en el aparato se detiene, fija nuevamente sus ojos en mí. Y otra vez yo respondo veloz a su mirada, pero los lentes oscuros seguro no dejan traslucir la ternura que de pronto me ha invadido ante el dolor de lo irrecuperable.

Su mano derecha abandona el volante, observo cada milésima de instante del movimiento de su brazo presto a cambiar la velocidad para la curva ya inminente, me invade una ráfaga extraña que en mucho me recuerda al deseo de entonces. Algo me impulsa a responder antes de introducir el disco.

— Pienso en un haiku que leí hace poco: "Me invitas a tomar el té. Entre nuestras tazas escucho el océano."

Livia

> *me das asco*
> *y es esta náusea lo mejor de mi vida*
> Blanca Varela

15 DE ENERO

Esta mañana, al entrar en la cocina, cuando mi mirada tropezó con su figura, un detalle que no he podido precisar me obligó a examinarla con detenimiento. Esforzadamente serena hacía café esperando que se tostaran las rodajas de pan, como de costumbre. Y es que en Livia reina la costumbre: llevaba el cabello rubio recogido en la coronilla, igual que la primera mañana en que desayunamos juntos, la franela hasta las rodillas que he visto casi inalterable durante más de cinco años (solo a veces ha variado su color y el largo de las mangas), unas medias oscuras, sin duda las últimas que me compró. Ella, allí, en espera de que salte el pan, mientras yo la miro extasiado tratando de encontrar respuesta a mi sobresalto. Un pequeño ruido hizo que volteara hacia la puerta, me sonrió, y sus labios, como tantas miles de veces durante nuestra vida en pareja, se encogieron para lanzarme un beso, pero esta vez el gesto carecía del menor encanto y la boca de Livia semejó la trompa de un cochinillo bien alimentado. Solo existe una palabra para expresar el sentimiento que me poseyó en ese instante, una palabra que me duele usar para referirme a ella: repulsión.

Traté de superar esta imagen última para acercarme y arropar su cintura tal como suelo hacer respondiendo a sus besos volátiles. No pude, tampoco huí como lo deseaba, permanecí inmóvil, observándola como hipnotizado hasta que oí un "¿Qué te pasa?". "Nada —respondí— ¿y a ti?". "Nada", dijo mientras la mano izquierda se deslizaba distraídamente hacia su vientre.

Desayunamos juntos y conseguí hacerlo con placer. Me trajo hasta el trabajo, como tantas otras veces, y continuó rumbo a la Universidad.

Hoy ha sido un día absolutamente normal, sin embargo esta mañana he desconocido a mi esposa.

20 DE ENERO

Algo está pasando, pero me resulta imposible aprehenderlo. No sé a qué se debe su mal disimulada intranquilidad ni este desagrado que ella me está produciendo. Livia se aferra más que nunca a los monótonos y mínimos detalles que cree hacen de ella un ama de casa ejemplar; su trato hacia mí aparentemente sigue siendo el de siempre, y ni siquiera parece sentirse aludida ante mi actitud de rechazo. Posiblemente finjo muy bien, pero entonces a qué atribuir su constante mal humor, el nerviosismo y las torpezas que aumentan de manera casi alarmante, todo eso que pretende ocultar asumiendo una consciente, estudiada y desagradable lentitud de ademanes y de habla.

22 DE ENERO

En verdad me encuentro preocupado. Ambos somos de pocas palabras y durante estos años de convivencia han sido escasas las veces en que nos hemos llamado la atención al respecto. Ayer rompí nuestro tácito acuerdo al intentar interrogarla. Su respuesta fue un gran llanto salpicado de frases acusadoras: soy un violador, la atropello al no respetar su intimidad, nada le pasa, soy yo el extraño, el nervioso, el que sufre de una inquietud inexplicable, y ella, tan considerada, no se ha atrevido a comentarme nada esperando que sea yo quien se confiese. No fui capaz de responder, quería gritarle ¡me consta que no duermes, ¿qué vas a responder a eso?, ¿ah?! Y es que ella, que conoce muy bien mi patológico sufrimiento de insomne, me miente descaradamente, como esta mañana, al afirmar sin necesidad ninguna que había dormido maravillosamente, "¡como nunca!". ¿Quiere acaso que ignore sus revuelcos en la cama, las violentas caricias que durante las últimas madrugadas hace a sus caderas y senos?

25 DE ENERO

Decidió dormir en el cuarto que tenemos como estudio, dice que debe terminar la tesis antes del tiempo previsto y por lo tanto se ha impuesto un drástico horario de trabajo. A las dos de la madrugada, cuando según ella finalizará su jornada, no desea molestarme y por eso ha escogido la camita de huéspedes como lecho provisional.

¿En verdad Livia piensa que puedo creerle?

28 DE ENERO

Soy un hombre de poco aguante, debo reconocerlo. Apenas tres noches sin Livia y decido acorralarla.

Anoche estuve atento, y en cuanto apagó la luz (mucho antes de las dos) me levanté; de un salto llegué hasta el otro cuarto. Decidido a vencer mi extraña e inexplicable aversión hacia ella, y más aún, empeñado en lograr no sé cuál confesión de su parte, comencé a acariciarla, a besarla. "Mi extraña e inexplicable aversión", tal como la he llamado, duró muy poco: Livia, mi Livia adorada, se mostró de un ardor quizás solo comparable al de nuestras primeras semanas como amantes. Yo me hundía en mi asombrosa dicha y ella hundía su lengua en zonas que nunca quiso rozar. Livia besó, lamió y mordió cada resquicio de mi cuerpo y entonces yo, saciado de saliva y frenético de deseo, quise poseerla, ¿qué otra cosa podía esperar de mí? Pero apenas mi sexo rozagante se aproximó a la humedad del suyo, Livia salió disparada de la estrecha cama. Desnuda, temblando de rabia e incrustada en un rincón de la habitación, me encaró furiosamente: "¿Qué es lo que pretendes?, ¡me tienes harta! ¡Cogerme!, eso es lo único que te importa, lo único en que piensas, ¿por qué no te vas de una vez con alguna de tus fantásticas amantes?". Tampoco esta vez era posible contestar algo, Livia semejaba la más cruel de las erinias, monstruos ante los cuales solo existe una posibilidad: huir.

Hoy no he podido concentrarme en el trabajo. Livia siempre ha sabido de mis, cada vez más escasas, infidelidades, me lo contó una de sus amigas hace ya varios meses; sin embargo jamás me reclamó nada, ni siquiera pareció alterarse durante mi peor época, cuando abría la puerta a cualquier hora de la madrugada y me apuraba en explicar mi ausencia nombrando a amigos hace tiempo no vistos y bares conocidos. Entonces, lo recuerdo

bien, me besaba con tensa ternura y solo parecía preo-
cuparse por mi posible malestar del siguiente día y consecuente llegada tarde al bufete.

2 DE FEBRERO

He tratado de convencerme de su inocencia, de su sinceridad. Como una letanía me he repetido miles de veces
que todo es producto de mis actuales problemas labo-
rales, de las tantas presiones cotidianas. Ya casi estaba
por aceptar que era yo el propiciador de la desagradable
situación que vivimos, cuando lo de anoche me devolvió a la lucidez, es decir, al "estado paranoico", tal como
ella califica mis discretos intentos por conseguir alguna
respuesta.

Trataba pues de olvidar mi escaso número de clientes y la enorme suma a que asciende mi cuenta en el taller
mecánico, oyendo muy quedo una de esas canciones que
nos remontan a tiempos más despreocupados, cuando
desde el cuarto vecino me llegó una especie de conversación: una voz aguda respondía a la de Livia. Apagué
la radio y puse toda la atención requerida en estos casos,
encendí la lamparita mecánicamente, como si la luz fuera a ayudar de alguna manera a mis templados oídos,
pero de nada me sirvió el enorme esfuerzo. Entonces me
levanté sigiloso. Descalzo, y contando los pasos mientras
el corazón amenazaba con perforar mi pecho, me aproxi-
mé al misterio de la otra habitación. Un "mi amor" pronunciado por Livia me paralizó en la entrada del estudio.
Solo dos o tres segundos después la vi abrir la puerta y,
con una ya desacostumbrada dulzura, dirigirme la conocida frase: "¿No puedes dormir, cariño?".

4 DE FEBRERO

Drásticamente decidió dejar el cigarrillo para dedicarse a un vicio que me parece aún más asqueroso: pasa todo el día rumiando chiclets de tutti-frutti.

7 DE FEBRERO

Forges, mi compañero de bufete, me recomendó unos tranquilizantes, los estoy tomando a escondidas, incluso de Forges, y por supuesto de Livia. Me han hecho bien. Estoy mucho más sereno y me dedico a observarla. En estos días no he percibido tantas cosas extrañas ni fomentado situaciones escabrosas, sin embargo... no sé cómo explicarlo.

Las palabras no la delatan, pero esto es decir nada: son tan pocos los ratos que pasamos juntos: minutos de rutina inalterables, los únicos que parece desear compartir conmigo, los únicos que le ofrecen seguridad. Mecánicas y nimias cotidianidades aprendidas de tanto repetirlas. Y en medio de todo ese universo de letales costumbres me encuentro con su mirada, su sonrisa también aprendida, los gestos desmañados y peculiarmente dramáticos que siempre la han caracterizado; miradas, sonrisas, ademanes amados, que hoy, no sé por qué, parecen una caricatura de aquellos que me aportaban una cierta seguridad, seguridad de Livia, seguridad de vida. Como si Livia ya no fuera Livia, como si algo extraño a ella doblegara lentamente su personalidad, otorgándole (o sumándole) otros labios a su boca, otro iris a sus ojos, otra carne a su cuerpo. De allí este sentimiento que vuelvo a definir como repulsión, de allí este infinito desierto que me está separando del único ser que ha llegado a ser realmente importante para mí.

15 DE **FEBRERO**

Todo parece haber vuelto a la normalidad (¿o será que ya me he acostumbrado a lo anormal?, ¿o acaso los tranquilizantes me han convertido en un hombre dopado?), pero yo insisto, Livia está cambiando. Ahora, mucho más calmada ella también, argumenta, sin yo pedirle explicaciones, que se aproxima el segundo aniversario de la muerte de su madre; que se le han perdido los lentes de contacto (se empeña en no encargar unos nuevos: repite que tienen que estar en alguna parte), y, para colmo, se queja de que no adelanta con la tesis. Creo que Livia está sufriendo algo así como un segundo desarrollo, alguna alteración biológica, una menopausia prematura, porque, si no me engaño, está engordando. Forges, fanático de cualquier tipo de artículos sobre sexualidad, dice que eso resulta normal en algunas mujeres cuando intuyen que su vida está a punto de sufrir grandes cambios. Pero yo me pregunto, ¿puede ser tan grande el cambio que aporta un grado universitario?, o, tal vez... ¿por qué me cuesta tanto decirlo?: ¿será que quiere dejarme?

16 DE **FEBRERO**

Hace más de un mes que no hago el amor con Livia. ¡Que no se le ocurra reclamarme "infidelidades"!

18 DE **FEBRERO**

Anoche volví a escuchar susurros en el cuarto que ahora llamo "de Livia". Luego lloró, estoy seguro. Sentí la tentación de levantarme y ofrecerle consuelo, pero ella me intima. Mi repulsión de días atrás se ha convertido en una especie de miedo. No es que le tema precisamente a ella, temo más bien a lo que esconde, a la razón de esa especie de mutación que, ya estoy seguro, no es producto de mi imaginación. Me digo que debo vencer este temor absurdo e insistir en una franca conversación con ella: mi salud mental está en juego. No puedo pasarme la vida dependiendo del Lexotanil.

19 DE FEBRERO

Me ha suplicado comprensión, me ha pedido tiempo. Casi como en broma se refirió de nuevo a la existencia de "otras" que me dan felicidad, yo lo negué rotundamente y pareció quedar muy convencida de mi sinceridad, o, al menos, no le dio mayor importancia. Luego, mientras cenábamos, atento a su apetito feroz, bromeé acerca de su peso. No respondió, o mejor dicho, no pronunció ni una sola palabra más en el resto de la noche.

25 DE FEBRERO

Ya pasé los momentos de incontrolable desesperación, por eso soy capaz de retomar este necio cuaderno y escribir: Livia se ha ido dejando todo menos sus libros y libretas de trabajo y alguna poca ropa. Por supuesto, no faltó el considerado detalle del papelito cuadrado con las escuetas palabras: "Te pedí tiempo, pero sé que ni aun dispuesto a dármelo arreglaríamos las cosas. No voy a desaparecer: te escribiré con calma. Discúlpame, por favor."

30 DE MARZO

Es sencillo: no entiendo nada.

Mi recién estrenado analista (apenas he asistido a tres sesiones caracterizadas por mis larguísimos silencios) me ha exigido que retome esta especie de diario, que aproveche este preciso momento en que no soy yo quien tiene algo que decir, sino ella, la mujer, ahora desconocida para mí, autora de la carta que voy a transcribir obedeciendo la recomendación del que trata de devolverme a lo que era antes del Lexotanil.

Andrés, querido, aún amado:

Sé (¿cómo no lo voy a saber?) que te he causado, que te estoy causando mucho daño, pero te juro que no he podido evitarlo. Soy frágil y algo torpe, ya lo sabes: es fácil que una cosa superior a mí, completamente inesperada, me haya vencido.

También yo me vi envuelta en una enorme confusión cuando ni siquiera sospechaba lo que podía estar ocurriendo. En un primer momento sentí deseos de hacerte partícipe de mi angustia, pero creía que todo iba a pasar, convencida además de que era un abuso inmiscuirte en algo tan íntimo e inexplicable. Más tarde, al intuir y comenzar a aceptar la causa de mi desazón, de mi "cambio", como tú lo llamaste con mucho acierto, pensé (y continúo pensándolo así) que no merecías una revelación como aquélla, que tanto te iba a herir. Sin embargo ahora, pasado el tiempo (poco tiempo según las medidas convencionales, pero casi infinito para mi muy particular y angustiado transcurrir), y a sabiendas de que no he sido capaz de evitar tu sufrimiento, aunque hoy no sea exactamente el mismo que te hubiera provocado entonces, me he exigido darte una explicación.

Hace apenas poco más de tres meses, mi cuerpo dio un primer aviso que debí tomar en cuenta, pero no le hice el menor caso, absorta como estaba en aquella atormentadora tesis de grado. Ni siquiera llegué a asociar una cosa con la otra al iniciarse realmente las desagradables manifestaciones. Digamos que él dio la primera alarma cuando comenzó a ocuparme con escandalosas y persistentes señales. Entonces conocí el único sentimiento posible ante un extraño que como huésped indeseado se apropia de tu casa y transforma tu apacible vida: rechacé, odié furiosamente lo que me estaba poseyendo. Me decía con insistencia que nada ni nadie tiene derecho a someternos de manera tan despiadada sin ningún gesto nuestro de previo consentimiento. Pero fue más poderoso que yo. Y que tú. Pues déjame decirte que si algo me resultaba insoportable era la sensación de que aquello me estuviera obligando, exigiendo un alejamiento cada vez más drástico de ti. Tú comenzabas a perder toda importancia, cualquier sentido, ante la suprema magnitud de lo que me estaba sucediendo. Cómo iba a seguir siendo tuya, tu mujer, si empezaba a pertenecer en cuerpo y alma (así, literalmente) a otro ser. No supe entonces, no lo sé todavía, qué me hizo aborrecerlo más, si el hecho de apropiarse de mi cuerpo que nunca lo convocó, o el imponerse sobre ti, sobre tu amor por mí, sobre mi amor por ti.

Sí, en algún momento me descubrí aceptándolo, claudicando en mi lucha contra él. Y más que eso. Andrés, querido, te confieso, no sin dejar de sentirme traidora, que no sé cuándo la aceptación se hizo entrega, entrega sin reservas, sin límites y aun gozosa, como cuando a veces, desnuda frente al espejo, observaba mis senos espléndidos, hermosos como nunca, dejándome absorber por un estado de plenitud que solamente podía corresponder al amor más generoso, más verdadero, más absoluto.

También terminé por rendirme a ese nuevo y desconcertante sentimiento. Fue entonces el momento de saber que te iba a abandonar para siempre.

Andrés, sé que no comprendes, que te golpeas contra las paredes y me maldices. No puedo hacer nada por ti, solo insistir en mis insostenibles razones.

Tal vez te sirva de consuelo saber que ya no soy yo: muy poco tengo que ver con la Livia que conociste y amaste. Él me ha amoldado a su gusto y capricho, mi cuerpo se ha convertido en su casa, nada que yo haga o piense le es ajeno, me vigila y posee a cada milésima de instante. No sé quién será, nada sé de él, ni el color de sus ojos, ni el tamaño de sus manos, ni si es melancólico o alegre, bestia o ángel, ni siquiera si me ama o detesta; pero yo lo amo: soy él. Tú no tienes lugar en esta comunión sagrada, tu presencia cercana la entorpecería.

De tal manera que adiós, Andrés, querido.

LIVIA

Obituario

No siento en absoluto su muerte, solo como un latigazo, latigazo de nostalgia, seguramente. Y por qué habría de sentirla si nunca luché ni sufrí por él, si no fue un compañero o una amiga fiel a quien recurres y atiendes durante años, si nunca tuve necesidad de reconstruir la historia. ¿Cuánto tiempo me mantuve vigilante a lo que sobre su vida podían comentarme o al recuerdo de aquella veloz relación?, ¿dos meses, seis, un año? Posiblemente algo más; sin embargo, lo que en verdad importa es que desde aquí, desde este espacioso balcón que tanto me gusta casi tres décadas después, él y aquella muchacha que era apenas se asoman como una borrosa película sepia de corta duración. Sé que la buscaré y desempolvaré en cuanto deje este periódico que anuncia su fallecimiento, que me dedicaré a proyectármela descubriendo o inventando detalles que creía definitivamente olvidados.

Una de estas fotos de archivo, fundamentales en el caso de reseñas periodísticas sobre personalidades desaparecidas, es decir, de extensos obituarios, lo muestra muy próximo al de la película: recién llegado a

Venezuela para fortalecer la escena nacional. Suerte de vikingo contestatario de los sesenta, camisa a cuadros y pantalón bluejean, sonrisa de seductor y mirada severa, aunque también demasiado cándida para el momento en que lo conocí, cuatro años después.

Yo no lo amaba, nunca lo amé, ni siquiera por un instante, estoy segura, pero qué jovencita ambiciosa de vida no era capaz de sucumbir ante la elocuencia fascinante de un gallardo intelectual sureño, exilado, sufrido, con más mundo del que uno nunca soñó alcanzar. Tampoco él fue el único que conocí con similares características (comenzaron a abundar en aquel tiempo), pero sí el primero y, además, el personaje de mi corto en sepia es un héroe; lo que de él guardo (ahora entiendo que lo guardé) dista mucho de la desagradable imagen que otros exhibieron sin prudencia.

Lady Macbeth era mi única ilusión (como no se me ha cumplido —me digo a veces— debe seguir siéndolo de alguna manera), la razón por la que decidí estudiar teatro. Adoraba el cine, pero jamás me imaginé en la gran pantalla; despreciaba la televisión, particularmente las telenovelas, por lo que nunca supuse mi destino de fiel amiga de la bella protagonista o de madre devota a partir de los treinta y cinco. Ni siquiera llegué a perversa contrafigura, eso, de cierta forma, hubiera satisfecho en algo a mi sensual y escondida bruja, señora del señor de Glamis y de Cawdor, sobre todo durante aquel primer y único año de estudios dramáticos, cuando vi cinco materias, es decir, tuve cinco profesores, pero solo un maestro: él. Yo preguntaba todo, todo lo que se puede preguntar con diecisiete años, y sus respuestas siempre me parecieron perfectas, sabias, mostrándome constantemente el revés de mis insulsas conclusiones así como el de las suyas propias.

Yo simplemente lo admiraba, me dejaba poseer por ese sentimiento que con demasiada frecuencia se aproxima a la más rendida postración, en especial si mientras él te habla su mirada se clava en la tierna y abundante carne de tus labios, si sus manos al descuido acostumbran a rozar la piel de gallina de tus brazos, si un día a través del espejo del gran salón de expresión corporal lo descubres atento al lento y estudiado movimiento de tus nalgas. No sé si algo parecido me volvió a suceder con otro hombre, con otra persona: desde aquí, no recuerdo. Sí me acuerdo en cambio que ya para entonces la pérdida de mi padre apenas nací se me había convertido en una fuente de frustración constante (y hoy comprendo, por primera vez, que en este punto inicié mis turbias sustituciones). Repito varias veces la escena donde le presenté a Iván y me doy cuenta de que así se comportó: distante y demasiado serio, como un digno y amoroso padre con el discurso tácito de "cuidado con no cuidarla".

De amar, yo solo amaba a Iván.

Iván era mi vecino, estudiaba arquitectura y me dio el primer, verdadero primer beso, ése que los suplementos de *Sussy*, compañeros de mi pubertad, ilustraban con campanas, nubes y angelitos. Pero solo fue el primero, porque los siguientes, casi todos en los ascensores del edificio común, que Iván manejaba como el más experto técnico de la Otis para detenerlo durante larguísimos minutos entre piso y piso, evocaban únicamente fogosas descargas y cuchillos ensangrentados de apasionadas ladies Macbeth rasgándose las vestiduras. Tal vez nadie ha besado mi boca como Iván, tal vez nadie se detuvo con tanto ardor en mis senos aún incipientes. Sudorosa y arrebatada, sacaba fuerzas del no tan lejano pasado de niña de monjas para negarme a lo que ya sabía inevitable. Mi novio esperaba, y su paciencia era agradecida. Situación común en aquellos tiempos.

Mi cuarto al final del día era refugio de tanto ardor ingobernable. En el espejo admiraba y acariciaba la desnudez del cuerpo joven y ansioso, en la cama me revolcaba insomne sin poder comprender del todo aquella peligrosa mutación de la que en un principio culpaba solo a Iván, después, ignorando la razón, también al potente vikingo. Comencé a involucrarlo luego del primer intento por conseguir de él una respuesta, otra respuesta, la más importante. Porque sucedió que un viernes en la noche, finalizada la última clase, en un arranque de incontrolado instinto, le supliqué una cita especial fuera de la Escuela: se trataba de algo delicado, muy urgente, algo sobre lo que sin duda él tendría el consejo indicado, el oráculo preciso.

La película me muestra a una muchacha en osada minifalda llegando minutos antes de la hora acordada al *Canasta*, aquel gran café de la plaza Venezuela que ayudaba a hacer de Caracas una ciudad cosmopolita. La veo asombrarse porque él ya la está esperando; intentar controlar el precipitado corazón aludiendo a la espléndida tarde o a lo agradable del lugar; sentirse observada fijamente, más fijamente que nunca, y tal vez con mucho de curiosidad, mientras oculta el gravoso silencio con otra serie de sandeces. El hombre espera, también como Iván, pacientemente.

—¿Otra cerveza?

—¿La segunda?, no estoy acostumbrada.

—Si no me cuentas por qué estamos aquí, terminaremos emborrachándonos —me apremió simpático y expectante.

—Soy yo... bueno, es Iván.

—¿Iván?

—Sí, el muchacho moreno que le presenté el otro día. Mi novio.

—¡Ah!, sí, sí, ya recuerdo, disculpa mi mala memoria.

Entonces conté todo sobre Iván, conté sobre mi amor por él, sobre el ardor y las desazones nocturnas, hablé de lo que sabía que debía suceder pero no cuándo, ni cómo, ni dónde. Olvidada de metáforas, conté y conté, hablé y hablé cual sureña asimilada. Cada cierto tiempo él interrumpía para lanzar lacónicamente (¿con cierta desilusión?) alguna sentencia, esas frases absolutas que pueden siempre encajar quienes todo lo saben. Yo escuchaba pero no oía, recuerdo solamente la última.

—Es la ley de la vida: mejor temprano que tarde.

Los días siguientes fueron tal vez peores, comencé a evitarlo tanto como a mi novio. El ascenso sin besos hasta el piso 10 me llenaba de dolor y de tristeza, mi solitaria habitación de un ansia que sentía ya amenazante para mi tan estimada cordura. Entonces llegaron los sueños. ¿Cómo pueden aparecer los sueños en una vieja y descuidada película sobreviviente en nuestra memoria? Hago esfuerzos y consigo verme de nuevo, como sombra que amenaza diluirse, rechazando el frenético abrazo de un Iván onírico cuyo rostro, cuando al fin logro apartarme, resulta ser el de mi madre. A Iván como mi pareja en una obligada y procaz improvisación en clase y al maestro de director. A mi madre sentada frente a mí en el *Canasta* insistiendo "mejor tarde que temprano". A la angustiosa sorpresa de una puerta mecánica que se abre, mientras Iván y yo nos besamos en el ascensor, para mostrarme en una suerte de imágenes sobreimpresas la cara burlona del maestro y la enfurecida de mi madre. Al cuerpo de un hombre desnudo sobre mi cama, tenso y moreno, transformándose poco a poco en un recio y velludo pelirrojo.

La película no lo dice, pero sé que fue un domingo (como hoy), un domingo al amanecer cuando decidí tratar de arreglar las cosas, de explicarme con Iván. A pesar de mi ansiedad, esperé una hora prudente para llamarlo. "Se fue a la playa —me contestaron—, regresa mañana". Posiblemente me sentí aliviada, era la excusa perfecta para marcar minutos después el número del maestro.

—Necesito verte —y borré así, en un instante, los diez meses del "usted"—. Es urgente.

—¿Otra vez urgente?

—Absolutamente. Esto no puede esperar.

—¿Dónde?

—En tu casa, claro.

—Imposible, voy a salir —se atrevió a contestar después de un sincero silencio demasiado largo para mí.

—No puede ser... escucha...

—Discúlpame, pero es imposible.

Lo dijo y colgó, y justo media hora después esa muchacha a punto de desvanecerse en mi memoria, en la película cuyo final supongo ya inminente y que hoy me sorprende y por lo mismo deseo exorcizar, toca el timbre de un apartamento en la avenida La Salle. Un ojo asoma en la mirilla, una voz se niega a responder, una mano a hacer girar la cerradura. "Abre, abre cobarde", insiste una y otra vez en un anhelante susurro, estrujándose contra el cedro de la puerta, hasta que por fin el hombre se rinde.

No alcanzo a precisar los últimos fotogramas, los fragmentos finales de la cinta que sé voy a quemar para siempre, porque Iván me distrae, ahora es él quien atiende al gran titular mientras sorbe un trago de café humeante.

—Éste fue profesor de teatro de tu mamá —dice mientras voltea hacia el hijo, nuestro infaltable y considerado huésped cada desayuno de domingo.

—¡Ah!, ¿pero mi mamá también hizo teatro? —pregunta mi querido desmemoriado, dirigiendo hacia mí su sonrisa de seductor y su mirada severa, cándida sin embargo todavía.

Verdades, mentiras y silencios

Para Meche, Luisa, Marian

A ninguno de ellos les conté nada sobre aquella madrugada, la última vez que vi a Aitor por la mirilla de mi puerta, una suerte de despojo humano donde todavía se podía distinguir algo del bello muchacho que tanto amamos. Hacía horas me había hecho varias llamadas telefónicas; yo atendí solo la primera, las otras se quedaron en un sonido ronco grabado por la contestadora. La voz que surgió de la bocina esa noche de mi rotunda negativa a recibirlo, a conversar con él, "por favor, que me hace mucha falta, ¡coño!", coincidió perfectamente con lo que ya hacía tiempo Edurne me había contado: la perturbación mental que asomó tras el terrible accidente en un barco de carga, que no le costó la vida, pero sí varios meses de reposo y tratamiento siquiátrico.

Nada les dije, pasado tanto tiempo no tenía ningún sentido echarle más leña al fuego, mucho menos después de oír las tres versiones diferentes sobre el fatal desenlace.

El día en que me encontré con Begoña fue un día especialmente hermoso y, para ser justa, igual que todos los que me tocaron en aquella moderna y animosa ciudad que apenas reconocía y a la que había vuelto luego de doce años. Mi visita coincidió con el adiós de la primavera y los albores del verano: Bilbao resplandecía y el Guggenheim, uno de los dos principales motivos de mi viaje, resultaba apenas un detalle más de belleza y futuro, un futuro que —volví a entender entonces— parecía estarnos negado a los habitantes del Caribe.

Me citó en uno de los más céntricos y tradicionales restaurantes de la capital vasca. También su esplendor me sorprendió: una mujer cercana a los cincuenta, sin maquillaje, sin mayor cuidado en su ropa o en su porte y que no obstante era capaz de llamar la atención de todas las miradas. Debe ser su alegría, debe ser su seguridad, debe ser sus ganas de vivir, me decía constantemente mientras la escuchaba centrando mi atención en los débiles surcos que poblaban los bordes de su boca y de sus ojos, aún inmensos.

Edurne fue siempre mi gran amiga, el otro motivo de llegarme hasta el Cantábrico. Pero ahora, apenas a los pocos minutos de encontrarme con Begoña, sentí, como tantas otras veces en la vida, que el tiempo (o el destino) juega con piezas demasiado extrañas. Mi compañera de mesa me resultaba mucho más cercana y afín que la distante y casi irreconocible Edurne, con quien había pasado todo el día anterior; hasta llegó a reclamarme con franco disgusto el que hubiera decidido quedarme en un hotel de la ciudad en lugar de haberme hospedado en su casa, "a pocos kilómetros de aquí". Sinceramente se lo agradecí, sobre todo porque unas cuantas horas antes esperé mucho esas palabras de parte de su hermana y jamás llegaron.

Estábamos hambrientas. Almorzamos con enorme gusto y la verdad es que en ningún momento me acordé de Aitor, ni siquiera cuando me habló de sus hijos, de que la grande estudiaba arte y el menor fantaseaba constantemente con Venezuela, el país que abandonó a los pocos meses de nacido. Fue durante el café cuando surgió el tema, cuando no me quedó más remedio que recordarlo. Y entonces, al tomar conciencia de toda la terrible historia que conocía por retazos de cartas y poquísimas conversaciones telefónicas con Edurne a lo largo de más de una década, tuve que hacer esfuerzos para que esta suerte de Dama de Elche en pleno siglo XXI calzara con la imagen de una mujer maltratada y mártir.

—Sabes que Aitor murió, ¿no?

—Sí, ayer Edurne me contó todo.

—¿Todo?

—Eso creo... —dudé, de pronto recordé la absurda petición de Edurne, no tan absurda sin embargo si la tomaba como una mera fórmula que arrastrábamos desde la época de nuestras cuitas adolescentes: "No digas que yo te lo he contado, gorda, por favor"— bueno, me dijo que no dijera nada, no sé por qué.

—¿Qué te dijo?

—Que murió en un accidente, en Margarita, donde estaba de paso el barco en que trabaja.

—Sí, eso fue lo que yo le dije, lo que le he dicho a todo el mundo, pero ella no quiere repetirlo, ya sabes que anda en todos esos rollos esotéricos y según ella hay cosas, las cosas malas, que no se deben repetir para evitar un orden negativo en el universo o algo así. A ti te lo debe de haber contando porque eres tú, porque a ti no te iba a inventar una mentira, pero...

Sorbimos los cortados en silencio, el primer silencio desde el momento en que nos abrazamos. Algo grave iba a venir, y sus puntos suspensivos y su mirada que se distrajo buscando no sé qué entre los otros comensales me preparaban para ello.

—Esa no es la verdad.

—¿No?

—¿Te puedo decir algo y me prometes que nunca lo repetirás?

—Claro.

—Edurne, como te dije, no lo sabe; tampoco mis hijos.

—¿Qué?

—¿Me lo prometes?

—Sí, te lo prometo.

—Aitor no murió en un accidente...

—¿Y entonces?

—Se suicidó —respondió tras un larguísimo silencio que le sirvió para terminar de escrutar los rostros de las mesas a nuestro alrededor y a mí para exigirme la mayor mesura posible.

Como después de pronunciar lo considerado impronunciable no parecía tener la menor intención de emitir ninguna otra palabra más, me sentí en la obligación de ser yo quien renovara la conversación ("o lo hago, o me levanto, le doy un beso y me despido para siempre", me dije). Retomarla significaba hacer lo único que se puede hacer en esos casos, volver sobre lo dicho con varias preguntas cuyas respuestas no hicieron más que confirmar y reconfirmar el suicidio de Aitor y el secreto en que ella había decidido convertirlo. Trató de explicarme sus razones, pero deben de haberme parecido tan sin sentido que no fui capaz de retenerlas. Por qué extraña razón podía alguien crear tanto misterio alrededor de un hecho que en medio de todo me sonaba completamente lógico, no solo con respecto a cualquier ser humano, incluyéndome a mí en primer lugar, sino que además resultaba mucho más acorde con el personaje que la versión del accidente. Recuerdo, eso sí, que le aconsejé de todo corazón contárselo a los hijos.

—¿Sí?, ¿crees que debo hacerlo?

—Sin ninguna duda, y cuanto antes mejor.

Luego vino el resto, acaso la verdadera razón por la que había tenido tanto interés en nuestro encuentro.

—Verás... es lo único que tengo como constancia de su muerte —dijo mientras sacaba con extremo cuidado un ajado y doblado recorte de periódico de su monedero, como si fuera un tesoro, como si fuera lo único que le quedaba del muerto: un obituario de alguna oscura publicación local—. Pero esto no tiene ningún efecto legal... la pensión como viuda, por ejemplo, no la puedo cobrar, cuando enseñé esto como prueba casi se ríen en mi cara; me exigen el certificado de defunción. Pasé meses haciendo no se cuántas diligencias por teléfono y fax a Venezuela y nada, y he gastado muchísimo en eso, te imaginarás... —fue entonces cuando puse atención en la gastada franela negra y el barato labial que se resquebrajaba sobre sus labios—. Yo sé que es un gran favor, que no tengo por qué ponerte en estos asuntos, pero ¿podrías tú tratar de tramitar ese certificado con el consulado de España en Caracas?

Al salir del restaurante ya habíamos pactado tácitamente borrar el delicado asunto con recuerdos más gratos y graciosos chismes de personajes del pasado. Con ella volví a visitar el Guggenheim, y el resto de la larga tarde lo pasamos en una terracita al lado de su casa, en uno de esos pueblos pulcros y tranquilos cercanos a Bilbao y a orillas del mar, muy distinto al caserío de

Edurne, de un verde esmeralda y vecino a un bosque de abedules. Tuve incluso oportunidad de re-conocer a los bellos hijos de Aitor, aunque no tan espléndidos como una vez lo fuera el padre.

En la pequeña estación de costa, segundos antes de detenerse el tren que me llevaría de vuelta a Bilbao, anotó nerviosa los datos que iba a necesitar para la diligencia que hacía horas me había encomendado.

—Seguro que lo haré, no te preocupes —le dije con firmeza guardando el papel en mi cartera y antes del fuerte abrazo con el que intenté tranquilizarla.

Sus últimas palabras, en cambio, apenas un susurro en mi oído, lograron inquietarme sin saber exactamente por qué.

—Mikel está al tanto de todo, él hasta viajó a Venezuela cuando supimos la noticia. Allí llevas también sus teléfonos. Llámalo cuando llegues a Madrid. Él espera tu llamada, ha insistido mucho en verte.

* * *

No pocas fueron las veces en que amilanada ante el enorme atractivo de Edurne y Begoña, ante la prestancia de Aitor y Mikel, estuve a punto de creer cierta aquella leyenda que habla de los vascos como descendientes de los magníficos habitantes de la Atlántida. Esa idea volvió a ocuparme cuando vi aparecer a Mikel con su elegante traje veraniego de alto y exitoso ejecutivo. A él tenía mucho más tiempo sin verlo, veinte años tal vez. Lo conocí durante la época en que Edurne y yo hacíamos todo juntas: nos inscribíamos en las mismas materias en la universidad, leíamos los mismos libros, veíamos una

al lado de la otra las mismas películas y compartíamos
los mismos amigos e idénticos vicios. Apenas salíamos
de la adolescencia y, sin necesidad de jurárnoslo, no
existía ni el más mínimo secreto en una que la otra no
conociera de inmediato.

Fue por entonces cuando me habló de los dos amigos de la infancia que acababan de llegar a Venezuela.

—Vinieron huyendo. Son de la ETA, gorda —me
dijo en el tono acostumbrado para las grandes revela-
ciones.

—¿ETA? —unas siglas que yo oía por primera vez
y sobre las cuales, por supuesto, le pedí todo tipo de
explicaciones.

Además de hermosos, eran altísimos e increíble-
mente torpes. Una torpeza que Mikel superaba con su
generosidad y simpatía; y que Aitor, muy al contrario,
cargaba sobre sí como una especie de peso oscuro que
no lograba sin embargo ensombrecer la perfección de
sus rasgos. Bebían y fumaban sin parar y nunca, excepto
aquel día de la marcha, hablaban de política ni de sus
vidas pasadas. Era como si acabaran de nacer dentro
alguna escondida probeta de aquel pequeño apartamento que Edurne, Begoña y Amatxu, la madre, compartían frente a la plaza Candelaria.

Me acostumbré a verlos como a una nueva parte
de mi familia adoptada, lo que ya para entonces eran
las tres mujeres para mí. Pero al poco tiempo Aitor se
fue alejando, se alistó en un naviero y comenzó su vida
de errabundo. Aparecía de vez en cuando, mientras que
Mikel, con un cargo de cajero bancario, jamás faltaba,
como tampoco yo, al almuerzo de calamares en su tinta
de todos los domingos. Ascendió rápidamente, y creo
que la última vez que supe de él en Caracas ya ocupaba
un envidiable puesto en una de las aseguradoras más

prestigiosas del país. Debe de haber añorado mucho a España, porque al poco tiempo de morir Franco comenzó a fantasear con el retorno que se hizo realidad uno o dos años después. Y allí estaba, caminando hacia mí en un concurrido café madrileño, risueño como siempre y tratando de contener, tanto como yo misma, la emoción de volver a recuperar, apenas con la visión de un ya envejecido personaje del lejano pasado, los agitados tiempos de la juventud.

¿Cómo estás?, ¿qué haces?, amigos, cónyuges, hijos, ¿cómo anda Venezuela? Todo un acelerado protocolo para llegar al punto que nos convocaba.

—Cuando supimos de su muerte, Bego me pidió que fuera a ver lo que había pasado. Estuve en Margarita unos días tratando de averiguar. No fue mucho de lo que pude enterarme, pero algo saqué en claro... Tráigame otro tinto, por favor. ¿Tú quieres algo más?

—Lo mismo.

—Lo mismo para la señora... Tienes suerte, hasta hace una semana llevábamos abrigo. Trajiste el buen clima. ¿Dónde te estás quedando?

—Yo me muero de frío, pero ¿qué fue lo que averiguaste?

Volvió a buscar con la vista al mesonero como para asegurarse de que estaba cumpliendo sus órdenes, prendió un cigarrillo y me miró fijamente, tal vez con la intención de cerciorarse de que era yo y no otra la persona con quien se había citado.

—No has cambiado, estás igualita, mujer.

—Sí, idéntica.

—Siempre tan sarcástica.

—¿Qué fue lo que averiguaste?

—Bego... —y se detuvo para exhalar un profundo suspiro que no sé por qué me devolvió a una lejana escena nocturna de tres muchachos sobre la hierba, dos de ellos absolutamente despechados—, Bego no lo sabe —dijo por fin con gran decisión y sin abandonar la intensidad de su mirada sobre mi rostro, como si hubiera agarrado todo el impulso del mundo a partir de un enorme esfuerzo por reconocer en mí a la muchacha amiga de sus amigas, a la amiga de la mujer que sin duda, pensé, amaba todavía—. Nadie lo sabe, pero si vas a hacer esas diligencias necesitas conocer la verdad... bueno, en realidad no lo necesitas, pero quiero decírtelo. Es un secreto, ni siquiera se lo he podido comentar a mi esposa: ella no simpatiza mucho con Begoña, ¿sabes?... Verás, todo indica que no fue un suicidio. Más bien parece haber sido un asesinato.

Así como la versión del suicidio no había logrado impresionarme demasiado, la nueva vuelta de tuercas me desconcertó por completo.

—¡¿Cómo?!, ¡¿qué dices?!, ¡¿quién?!, ¡¿por qué!?

—No lo sé, no sé nada más —dijo confundido y algo alterado por mi asombro, mi alarma—. Lo hallaron con un tiro en la sien y sin rastros de pólvora en sus manos y, por supuesto, no encontraron el arma. Tengo entendido que terminaron dándolo como un accidente ante la falta de cualquier prueba, o simplemente para salir rápido del asunto.

—¡¿Y qué debo hacer yo?!

—No sé, Inés, no sé por qué Bego te pidió eso. Estoy seguro de que conseguir ese acta de defunción no va a ser nada fácil. Además, veo que lo que te he dicho te ha sentado fatal. No sé si tú...

—Bueno, yo lo voy a intentar, nada me cuesta, ¿no? —"una promesa es una promesa", me dije en un voluntario arrojo de valentía.

—Bego no logró nada desde aquí y yo cuando estu-

ve allí, tampoco..., aunque, claro, yo no sabía que ella
iba necesitar ese papel. ¿Te dio la fecha?

—Me dio todos los datos —le dije extendiéndole el
papelito donde la viuda me había anotado nombre completo, fecha de fallecimiento, lugar.

—Con esto es suficiente, estoy seguro —dijo antes
de agregar la última recomendación—. Pero si llegas
a conseguir algo, avísame a mí primero, porque si se
menciona la forma en que murió, tengo que prepararr-
la, ¿entiendes? Yo no he querido decírselo porque para
qué.

Un secreto dentro de un secreto dentro de un secreto.
Todos secretos sin sentido, al fin de cuentas. ¿Qué importa
si alguien muere por una enfermedad, o atropellado por un
carro, o se suicida, o lo matan para quitarle lo que lleva enci-
ma? Tal vez vivo en otro mundo, tal vez para mí, habitante de
una de las ciudades más peligrosas del planeta, la muerte, aun
la más absurda y ridícula, sea algo demasiado cotidiano. Pero
puedo ser yo la equivocada: ¿estaré tan amoldada al horror
cotidiano que no soy capaz de comprender la magnitud de
estas diferencias? —escribí en mi libreta de viaje, ya acostumbrada a la idea del asesinato y antes de dormirme en
el avión donde cruzaba de nuevo el Atlántico.

* * *

Volví sobre el asunto a los pocos días del regreso. Varias
llamadas telefónicas, innumerable minutos de espera
para que finalmente me dieran un número de fax y los
datos que debía incluir mi petición.

La respuesta me llegó por la misma vía varias semanas
después. Leí ansiosa el papel que me encontré una tarde

despedido por el aparato con el membrete del Consulado: "No existe registro de la defunción por usted solicitada".

Esa noche soñé con él. Me vi caminando descalza a plena luz del día por una playa solitaria, una de las cosas que más amo hacer, por las que siempre me digo vale la pena existir. Y de pronto me encontré con una figura resplandeciente, un muchacho precioso con ojos azules insondables. Me preguntó si podía acompañarme y yo me negué firmemente, le contesté de forma muy altanera algo así como que no iba a romper el enorme placer de mi soledad en ese momento, ante ese paisaje, por aceptar la compañía de un desconocido. Seguí caminando sin volver la vista, como si aquel encuentro nunca se hubiera dado, hasta que un ruido enorme hizo que me despertara con el corazón retumbándome en el pecho. Era un trueno, llovía como solo puede llover en el trópico, y la idea de que alguno de los cerros que rodean la ciudad pudiera estarse desprendiendo me hizo olvidar por completo al personaje de mis sueños. Hasta unas cuantas horas más tarde, cuando la imagen del bello Aitor, desamparado, caminando sobre la brillante arena de una playa infinita volvió a mí inesperadamente en medio de la redacción de un insufrible informe administrativo.

A los pocos minutos llevé el *mouse* hasta *send*. Le enviaba un mensaje a Mikel: "El Consulado no sabe nada, pero la semana que viene voy para una convención en Margarita. Trataré de averiguar. ¿Hay algo que no me hayas dicho y que deba saber?".

Consumía cualquier cosa. Estaba medio loco. Andaba con gente peligrosa. Pero no creo que eso interese en este asunto.
Suerte
Mikel

* * *

Ya las cervezas y los cubalibres eran parte de mi vida en aquel tiempo, pero mi primer tabaco de marihuana fue con ellos, con Edurne y Bego y los dos muchachos vascos que acababa de conocer. Había sido un día de larga caminata, lágrimas de furia y gritos a todo pulmón. Cientos de veces vociferamos "¡Franco, asesino!", y muchas más "El pueblo unido jamás será vencido". No sé si fue exactamente el 27 de septiembre de 1975 o uno o dos días después. Tanta exactitud nada debe a mi memoria, sino a los historiadores, y en este caso en particular a un artículo en la prensa que hojeé durante mi primer desayuno en el hotel de la convención: casi treinta años después se rememoraba un suceso que volvió a ubicarme en el pasado.

Por entonces solían ser los jóvenes quienes tomaban las calles de Caracas para protestar por cualquier tipo de injusticia y ésta era demasiado grande: los últimos cinco condenados a muerte del franquismo, dos de ellos etarras y, según afirmaban Mikel y Aitor, "amigos" más que compañeros de lucha.

Fui yo quien guió después hasta el *América*, un gran bar con terraza que cada viernes rebosaba de ucevistas. Ese día estaba casi vacío, por eso no acababa cualquiera de nosotros de alzar un brazo hacia el mesonero cuando llegaban a la mesa cinco tercios más de Polar. Por boca de ellos tuve una nueva versión de la historia contemporánea de España, bien distinta a la que poco tiempo antes me habían contado las monjas capuchinas. Ya de noche, borrachos y felices, olvidados por completo del martirio que nos había citado, cruzamos la avenida Los Ilustres y jardines y pasillos de la Universidad Central en busca de la inefable Tierra de Nadie, donde fumamos la hierba y nos besamos y tocamos, hasta que Bego y Aitor se alejaron dejando a los otros tres tendidos bocarriba sobre la hierba y con la mirada fija en la noche con estrellas. Algo me dijo que no solo yo tenía los ojos húmedos y el corazón destrozado.

Ese primer día no fui capaz de abandonar la convención, lo hice al siguiente, presumiendo que mi ausencia sería entonces menos notoria, pues si en verdad desde hacía tiempo le daba vueltas a la posibilidad de abandonar ese trabajo tan poco estimulante, ahora, después de lo que había decidido, me tocaba más bien cuidarlo.

No fui a ninguna prefectura ni jefatura policial, solo llamé por teléfono a los únicos tres pequeños avisos que encontré en los periódicos de la isla donde se ofrecían servicios de investigación privada. Opté por los de Oscar Valdez y rechacé los otros dos luego de escuchar las voces atropelladas de supuestas secretarias llamándome "mami" y "corazón". Fue el propio Valdez quien atendió el teléfono y también quien me abrió la puerta de un pequeño, casi vacío, pero iluminadísimo apartamento con vista a la bahía de Juan Griego. Me ofreció su silla ejecutiva, la única que existía en el lugar, y la ubicó justo frente al ventanal sin cortinas, mientras él, guayabera blanca, pantalón blanco, se sentaba, de la manera más informal posible, sobre la amplia mesa que hacía de escritorio. Pensé que iba a disculparse, a comentarme algo así como que se estaba mudando y aún no le habían traído los muebles, pero no se tomó la molestia, ni al principio ni al final de nuestra conversación o, más bien, de mi monólogo. Su parquedad quizás me intimidó, porque en lugar de quejarme de la luz enceguecedora, saqué del bolso mis oscuros lentes de sol aprovechando que él se quitaba los suyos para limpiarlos con el borde de la camisa.

Le conté detalladamente mis encuentros en Bilbao con las dos hermanas y luego con el apuesto ejecutivo en Madrid. Le enseñé el fax con el resultado de mi gestión en el Consulado y el posterior y breve correo de Mikel.

—¿Y qué cree usted que pasó?

—No sé... y no me interesa. No vengo para eso, lo que quiero es conseguir el acta de defunción para poder tramitarla en el Consulado. Es lo que necesita mi amiga, con eso me basta.

—¡Uhmm!

—¿Puede conseguirla?

—... Y dígame: ¿por qué no buscó a un gestor?

—Tampoco lo sé —contesté confundida. Ciertamente no se me había ocurrido, ¿por qué?, me pregunté yo misma y me obligué a encontrar una respuesta—. Supongo que porque no va a ser fácil, porque hay varias versiones atravesadas y porque él no tenía una vida demasiado... ¿ordenada?

—¡Uhmm!

—¿Puede conseguirla?

—¡Por supuesto, señora!

—¿Y sus honorarios?

No me dio una cifra exacta —cobraba por horas, por trámites, por desplazamientos—, pero el aproximado me asustó, y si no fuera por ese espíritu de tenacidad que me domina aun en situaciones en que el fracaso o el peligro es evidente, habría desistido de inmediato en lugar de hacer un cheque de adelanto que se llevaba casi mi quincena completa.

Le pedí que me acompañara hasta la puerta del edificio.

—Está abierta, no se preocupe.

—Por favor...

Quería verlo por fin bajo una luz de neón, sin mis

lentes de sol, sin la tensión que me producía el espacio vacío y su actitud algo soberbia. En el ascensor me di cuenta de que vestía de beige y no de blanco, y de que era más joven, más moreno y menos feo de lo que había vislumbrado, a pesar de que sus pómulos mostraban huellas profundas de un no tan lejano acné. También esta vez me fijé expresamente en la mano que volvía a estrechar, de dedos largos y carnosos, de uñas limpias y bien cortadas, una mano fuerte y decidida: me brindaba confianza, pero ni aun así me arrepentí de no haberle contado nada de la última vez que vi a Aitor, y mucho menos sobre mi sueño. Ninguna falta hacía.

* * *

Aitor era el príncipe con el que toda mujer ha soñado, o por lo menos toda adolescente, una suerte de James Dean en *Rebelde sin causa*. Aunque varias veces había creído enamorarme y otras tantas me había "entregado al objeto del amor" (me encantaba ese eufemismo que siempre hacía reír a Edurne), muy tarde comprendí que fue él el primero en lograr alterar drásticamente los ritmos de mi corazón. Por alguna razón que ni los psicoanálisis han conseguido aclararme del todo, un principio ha regido mi vida, por lo menos en lo que a hombres se refiere: lo soñado no puede ocupar nunca un lugar en la realidad. Desde el primer momento a Aitor le "hice la cruz", y luego un tachón furioso y desesperado la noche en que quedé en medio de Edurne y Mikel escrutando las estrellas con ojos humedecidos.

Si en verdad no existía una razón válida para que después de tantos años nada les contara sobre aquella madrugada en que lo vi por última vez, tampoco creo que hubiera ninguna para que jamás saliera de mi boca lo sucedido en el casual encuentro que tuvimos en una tasca de Sabana Grande más de dos décadas antes. Ni siquiera se lo conté a Edurne, y juro que me costó, no solo porque me resultaba inconcebible, y también dolorosamente insostenible ocultarle un suceso tan importante a la amiga, sino, sobre todo, porque ella tenía la certeza de que por primera vez me negaba a confesarle mis sentimientos o emociones. "¿Qué te pasa, gorda, por favor?", inquiría casi furiosa ante mis frecuentes ensimismamientos.

A lo mejor ese momento marcó mi madurez y comenzó a definirse un cierto rasgo de personalidad que ha determinado mi destino. Con ese secreto no murió mi amistad con Edurne ni mucho menos, pero sí selló el fin de la única posibilidad de confidencia que tuve con ser alguno. Desde entonces comencé a tomar gusto por el cultivo de un espacio absolutamente propio e inexpugnable que ha ido creciendo poco a poco con los años, hasta el punto de que a veces nada hallo que contar a mis hijos, ni a mis hermanas, ni a mis mejores amigos. Por eso la pregunta decidida de Valdez tras el auricular me sonó casi a un atropello.

—¿Hay algo que no me haya dicho, señora?

—Óigame bien: le estoy pagando para una cosa muy sencilla. Todo cuanto debía decirle, ya se lo he dicho. Si no puede con el trabajo, no hay problema, daré por perdido lo que le he adelantado y ya. Buscaré a otro. ¡Listo!

—Señora, no se ponga así, yo soy una persona seria. Ahorita estoy en Caracas, ¿podría verla?

—¿Verme...?

—Conversar con usted, señora.

—¿Dónde?

—¿Conoce el hotel El Conde?
—Ni idea...

* * *

Al entrar al hotel no solo me di cuenta de que sí lo conocía, sino que confirmé una vez más el desastre que es mi memoria. Varias veces crucé esa recepción para llegar al bar, era cuando trabajaba en el centro de la ciudad y acostumbraba a citarme clandestinamente con mi jefe. Fue una relación simpática, nunca llegamos a solicitar una llave, pero allí nos dimos unos besos que no puedo definir más que como portentosos, y ese calificativo es demasiado decir tratándose de mí.

Lo encontré sentado en una ajada poltrona de la recepción. Enseguida se puso de pie, y luego de extenderme la mano me invitó con un gesto a sentarme en un sofá a su lado mientras yo le hacía otro invitándolo al bar.

—En esta ciudad el tiempo pasa no solo para la gente, pasa también de manera inexorable para todo cuanto en ella existe —dije recorriendo con la mirada el deteriorado salón y al casi anciano barman tampoco desconocido.

—¿Es usted poeta?... poetisa, perdón.

—No, Valdez, solo pensé en voz alta. Me tomo un whisky, ¿y usted?... Tranquilo, yo pago.

—Como usted diga, señora.

Ambos evadimos entrar en el tema antes del primer sorbo. Sin apartar la vista de su rostro, aproveché para tratar de saber más de él, si había nacido en la isla, si venía frecuentemente a Caracas, si estaba en un viaje de trabajo, si acostumbraba a llegar a este hotel. Él tampoco dejó de mirar mis ojos al darme sus cortas y tajantes respuestas: "no", "a veces", "sí", "siempre".

—¿Entonces?

—El hombre no murió en Margarita.

—¿No?

—El único barco carguero que llegó en esa fecha al país ancló en La Guaira.

—¿Y unos días antes?

—Tampoco, eso se lo puedo asegurar.

—¿Y ahora?

—Por eso estoy aquí. Ayer estuve en La Guaira haciendo algunas averiguaciones. Hay constancia de la llegada, una semana antes del supuesto día del suceso, de un carguero que venía de Holanda; aunque es posible que haya pasado por España y embarcado a otros tripulantes. ¿Usted no sabe dónde se embarcó?

—Lo ignoro.

—¿Puede preguntar?

—Puedo intentarlo, pero... —el pero no era el que le dije, pero también era—. Valdez, no soy millonaria. Esto de su viaje a Caracas no estaba previsto en sus honorarios y menos en mis gastos.

—No se preocupe.

—¿Que no me preocupe?

—Señora, ¿a usted le gusta lo que hace, en lo que trabaja?

—No mucho.

—Pues a mí sí. No se preocupe, no la voy a estafar ni nada que se le parezca. Confíe en mí como confió la primera vez. Esto me intriga, a lo mejor igual o más que a usted.

—A mí no me intriga nada. A mí me "interesa" solamente la bendita acta de defunción.

—¡Uhmm!

* * *

Para nada me atraía la idea de escribirle de nuevo a Mikel, pero todavía menos la de comunicarme con Begoña.

La nueva vuelta que estaba dando el asunto me perturbaba demasiado: ¿acaso Mikel me había mentido y mentido también a Bego con toda esa historia de su viaje y averiguaciones en Margarita? Y por otra parte, ¿por qué Valdez omitió semejante detalle en nuestra conversación? La posibilidad de que le hubiera parecido insignificante una mentira como esa la descarté de inmediato; otras eran que lo hubiera olvidado o decidido pasar por alto con toda la intención. Me incliné por lo último; siendo así, yo iba a hacer lo mismo.

Mi mensaje fue lo más escueto posible, tal como su respuesta: "En efecto, lo tomó en Amsterdam, ¿por qué?". No respondí ni ese mail ni los que vinieron después, tampoco la llamada que me dejó en la contestadora, pero sí se lo informé de inmediato a Valdez.

A ratos me preguntaba si no me estaba dejando influenciar por el detective y su reconocido gusto por "la intriga", si habría tomado las mismas decisiones y actuado de la misma manera de haber sido otro el personaje, digamos, por ejemplo, el jefe de la que llamaba "mami" a los potenciales clientes. Continuar enredando y enredada en tan oscura historia contradecía por completo el mundo que con tanto esfuerzo, tesón y hasta sacrificios había construido para mí: pulcro, transparente, impoluto. Pero lo cierto es que este hombre lograba comunicarme una suerte de instinto primario, elemental, como el que debe sentir un perro de caza cuando la

presa está próxima, como el de una mujer embarazada
que se despierta a media noche sorprendida ante la certeza de no ser más que un animal que engendra a otro,
es decir, parte de un inescrutable orden de la naturaleza
más allá de toda comprensión humana, diría Edurne.

A lo mejor se trataba de un sentimiento parecido al
que me dominó aquella noche en que Aitor me encontró
llorando en la barra del bar. Hoy daría cualquier cosa
por recordar con precisión todos los detalles, pero lo sé
imposible, porque estaba borracha, y también porque
desde el despertar del día siguiente pasé buena parte de
mi vida tratando de borrarlos. Lo mismo que intenté después de mi último encuentro con Valdez: echar al saco
del olvido aquella historia que tanto me trastornaba.

Podría habérmelo facilitado el hecho de que no vol-
viera a comunicarse conmigo durante varias semanas,
pero no fue posible. Por una parte me llenaba de curiosidad lo que aquel hombre podía seguir averiguando, por
la otra me angustiaba el monto del probable próximo
abono a sus servicios. Pensé mil veces en llamarlo para
que dejara todo hasta allí, que me dijera cuánto le debía
y poner punto final a aquel absurdo, pero a medida que
pasaban los días me esforzaba en convencerme (rogaba
al cielo) de que se trataba solo de un vulgar estafador,
que no iba a aparecer más nunca y que podía ya darme
el lujo de dormir en paz.

Fue en esos días cuando surgió la posibilidad de un
nuevo empleo en el que me pedían absolutamente todos
los recaudos que sustentaban el currículum. Algunos
de ellos me exigieron latosos trámites en oficinas de
la administración pública, otros, la mayoría, deshacer
cajas y carpetas de viejos papeles y documentos, entre
ellos esa inútil cantidad de postales y cartas recibidas
o nunca enviadas que jamás entenderé por qué razón

atesoro. Aparecieron unas cuantas de Edurne, las únicas que me detuve a leer. Nuestra amistad había sido en efecto extraordinaria; entre líneas aquellas cartas guardaban declaraciones de amor profundo y, de su parte, una confianza infinita. De nuevo mi pecho repitió ese extraño dolor dulzón que sentí en nuestro último encuentro, cuando creí comprobar que mi Edurne adorada se había extinguido junto con la juventud y los anhelos incumplidos.

Pero eso carece de relevancia en este relato, lo realmente importante es haberme encontrado en una de ellas con un párrafo dedicado a Begoña, o más bien a Aitor. La carta, de seis años atrás, quizás la última que me escribió, volvía a sumergirme en la historia que tanto deseaba olvidar, y nada de extraño tuvo que volteara la mirada hacia el teléfono con ardiente, pero finalmente contenido deseo de comunicarme con Valdez.

Me preocupa Bego, está demacrada, nerviosa, más triste que nunca. He tratado de que me cuente lo que le pasa, pero ya sabes lo difícil que es hacerla hablar de sus cosas. Sé que la razón es Aitor, pero esta vez creo que no se trata solo de sus ausencias cada vez más largas en alta mar, ni siquiera de ese desequilibrio emocional que surgió después del accidente aquel y que tanto la ha hecho sufrir, por los maltratos sobre todo. No sé, no me consta, pero intuyo (recuerda que algo tengo de bruja) que ha vuelto a sus andanzas, a las que una vez lo obligaron a irse a Venezuela, ya sabes.

* * *

Valdez apareció a los pocos días de incorporarme al nuevo trabajo. Me dijo que había tratado de comunicarse conmigo inútilmente, pues en mi casa y en el celular nadie respondía, y en la oficina le habían dicho que ya no trabajaba allí. Tenía razón, el celular me lo habían robado y yo, con toda intención, justo al día siguiente de leer aquella carta, había desconectado la contestadora. Optó entonces por llamarme en horas nocturnas, lo que él nunca acostumbraba con sus clientes.

—¿Le debo algo?

—Señora, ¿sabe que su obsesión por el dinero nada tiene que ver con usted?

—¡¿Qué cosa?! —le contesté casi olvidando al personaje que estaba tras la línea, como si más bien se tratara de uno de los tantos sicoanalistas que habían pasado por mi vida.

—Que creo que usted acostumbra a escudarse en cosas muy secundarias para no afrontar lo realmente importante.

—Dígame entonces lo "realmente importante" y no se meta en las "cosas muy secundarias" —respondí altanera, impositiva.

—Tengo noticias.

—¿Cuáles?

—Pasado mañana debo viajar a Caracas. No por su asunto, por otros negocios; se lo digo para que no se preocupe por el costo de los pasajes. ¿Puedo verla?

—Claro —respondí bajando el tono y algo ansiosa, no sé si por la necesidad de las nuevas noticias o por la idea de volver a encontrarme con el enigmático investigador.

Esta vez nos vimos en un afamado café al aire libre del este de la ciudad y en pleno mediodía. Con toda intención decidí evitar cualquier tipo de sordidez urbana que pudiera acentuar la propia de nuestro asunto. En lugar de los whiskies, un marroncito y un guayoyo bien cargado para él.

—Se nota usted como agotada.

—Ajá —respondí en un distraído y apenas perceptible susurro, con la esperanza de detener así su insistente pretensión de intimidad.

—Pero las ojeras le sientan bien, rescatan sus ancestros mediterráneos... ¿o árabes?

—Valdez, por favor.

—Sí, disculpe... ¿Le puedo hacer una pregunta?

—¿Sobre mis ancestros?

—El papel que me enseñó con los datos del occiso, ¿quién lo escribió?, ¿usted?

—¿Y eso qué importa?

—¿Puede responderme?

—Pues mi amiga, la propia viuda.

—¡Uhmm!

—¿Qué pasa, Valdez?

—Que el hombre no murió en esa fecha.

—¿Quién?

—Aitor Larracoechea, señora.

—¡Es imposible! Usted me dijo que el barco que zarpó de Amsterdam llegó una semana antes.

—Es que no vino en ese barco.

—Pero tengo entendido que salió de su casa...

—¿Usted sabe cuándo salió de su casa?

—Salió...

Me detuve y él dejó que me detuviera. Quise no pensar en nada. Preferí mirarlo profundamente, descubrir en esta oportunidad que sus ojos no eran exactamente pardos, que tras los lentes de miope y a la luz del cielo deslumbrante de Caracas entregaban un hondo y tranquilizador verde oliva, que las antiguas marcas del acné, o quizás de una aún más lejana lechina infantil, se distribuían en sus pómulos de una manera tan simétrica que más bien semejaban surcos trazados por un experto y delicado impresor, que sus abundantes labios surcados por el hirsuto bigote ofrecían un delicado rosa imposible para ninguno de mis labiales, que antes de su pelo, extremadamente corto y negro, surgían unas enormes y tiernas orejas que ajustaban la clásica montura.

—¡Inés!

—¿Ah?

—Inés... —repitió por segunda vez en la vida mi nombre propio tratando de volverme a la razón.

—¿Ah?

—¿Qué le pasa?

—¡¿Que qué me pasa?!, ¿qué se imagina que me pasa? Pasa que estoy perdida, confundida, más confundida quiero decir, y lo único que deseo en este momento es no volver jamás sobre el asunto... Dígame por favor cuánto le debo y dejemos esto hasta aquí.

—¿Quiere otro café?, ¿agua?, ¿tal vez comer algo?

—Valdez, lo único que quiero es morirme —y solté el llanto propio de cualquier niña asustada.

* * *

Debo haber trastabillado rumbo al baño, de seguro me tropecé con varias mesas y algún que otro borracho, como yo, antes de llegar a la pequeña puerta del sucio cuartico atestado de papeles enchumbados de orine. ¿Me había imaginado sus dedos untando suavemente, tiernamente mi rostro con mis propias lágrimas?, ¿había imaginado sus labios sorbiéndolas con ardor sobre los míos?

Tal vez antes de abrir el grifo y tratar de borrar todo, lágrimas, caricias y besos con agua y más agua, me detuve frente al espejo roído para decirle a mi rostro enrojecido "no es verdad, no es verdad, no es verdad". No es verdad que él haya aparecido justo en este momento, no es verdad que sea un ángel o caballero andante que viene a rescatarme del abandono del último amante. No es verdad que es a él al único a quien amo; no es verdad que cualquier otro, incluso el que acaba de irse, es un imbécil, un gusano, un ser absolutamente insignificante ante este dios vasco caído del cielo, no es verdad, no es verdad, no es verdad mi James Dean, mi Aitor maravilloso que saldré de este asqueroso baño para encontrar de nuevo tu presencia luminosa en la barra del bar, esperando por mí. No es verdad que te voy a decir sácame de aquí, llévame adonde quieras y, por favor, hazme el amor, unta con mis lágrimas mis senos mis caderas mis piernas y mi sexo, sorbe con tus labios de una vez por todas y para siempre las humedades que surgen de cada resquicio de mi cuerpo, de los huecos de mi cuerpo, de los poros de mi cuerpo.

No es verdad que pasó, no lo recuerdo, todo lo que he hecho por borrarlo... es imposible que lo recuerde.

—Perdóneme este espectáculo, Valdez. Es que estoy muy sensible, los problemas que tiene uno, usted sabe..., los hijos...

—¿Tuvo usted alguna relación particular con ese señor?

—¿Con quién?

—Con Aitor Larracoechea.

—¿Particular?... ¿A qué viene esa pregunta?

—Casi nunca me equivoco, pero a lo mejor con usted sí —me dijo algo enternecido extendiéndome una servilleta.

—¿Se va a quedar más días en Caracas?

—Pensaba irme pasado mañana, ¿por qué?

—Hoy no puedo más. Pero tengo algo que mostrarle, ¿podemos vernos mañana en mi casa?

* * *

En esta ocasión fue evidente que se había esforzado en su apariencia. Por primera vez lo veía con saco en lugar de la chaqueta que acostumbraba en Caracas, con zapatos recién pulidos y pantalón de justo corte. Yo, en cambio, andaba con lo mismo que me había puesto a las siete de la mañana, sudada, cansada y más demacrada que nunca, más aún que el día anterior; la noche había resultado eterna entre las mil y una conjeturas sobre la muerte de Aitor y, especialmente, sobre el día y hora exactos del accidente, suicidio, asesinato o lo que fuera.

Oscar Valdez se mostró más gentil que de costumbre, a lo mejor demasiado acartonado para su serena personalidad. Le indiqué el sillón más cómodo, pero de nuevo prefirió el de espaldas a la claridad, dejando que todo lo que quedaba de la luz de la tarde se reflejara en mí. Antes de enseñarle la carta era obligado retomar la conversación del día anterior.

—¿Entonces?, ¿cuándo fue que murió?

—Ese día, seguro que no, y todo indica que ni siquiera ese año.

—¿Y...?

—Si de verdad necesita ese acta de defunción, déme un tiempo más. No quiero adelantarle nada de lo que no esté completamente seguro, ¿entiende?

—Mire, ya no me interesa ninguna partida de defunción. Lo único que necesito es aclararme. Primero: ¿por qué mi amiga me dio esa fecha?, ella es la viuda,

¿no?, ¿quién mejor que ella iba a saberlo?

—¿Y quién se lo dijo a ella?

—La llamaron desde Venezuela.

—¿Quién?

—No sé... la policía, alguna autoridad, algún compañero del barco, el capitán a lo mejor, no sé...

—¿Y quién sabe?

—¿Le parece que la llame para preguntarle semejante cosa?

—No, no me parece.

—Segundo: ¿por qué su amigo, Mikel Jaurrieta, iba a inventar tal historia de que viajó a Margarita a averiguar lo que había pasado y lo que supo es que había sido un asesinato, etc., etc.?

—La respuesta a esa pregunta serán mis conjeturas finales, ¿no cree?

—Valdez, ya no me importa lo que me cueste su trabajo. Yo necesito saber la verdad, llegue hasta el final, por favor, hasta donde pueda llegar... Y lea esto —le dije extendiéndole la carta y señalándole el párrafo que tanto me perturbaba.

—¡Uhmm!

—¿Qué opina?

—Dígame una cosa: ¿a qué se refería su amiga con esto de que "ha vuelto a sus andanzas"?

—No estoy segura, supongo simplemente. Y es lo que supongo después de todos los años que han pasado, porque cuando leí esa carta no debo haberle dado ninguna importancia a la frase.

—Supone...

Entonces le conté cómo había conocido a los dos muchachos vascos. Le conté la breve presentación que de ellos me había hecho Edurne e incluso de aquella marcha a la que fuimos los cinco vociferando consignas contra Franco y a favor de los etarras condenados.

— ¿Cree que a eso se refería?

— No se me ocurre otra cosa.

— Inés..., ¿puedo llamarla Inés?

— Ya lo ha hecho otras veces.

— Pues fíjese, Inés, pienso que esto se está enredando demasiado. Yo puedo continuar, para mí no es ningún problema, pero me parece que usted está muy afectada por todo este asunto. Y ya me lo dijo hace un rato: a estas alturas lo que menos le interesa es el encargo de su amiga, ahora está usted... ¿cómo diríamos?...

— ¿Emocionalmente involucrada?

— Sí, ¿no?

— Sí. Ayúdeme, Valdez, se lo suplico. Necesito saber la fecha exacta en qué murió, cómo y por qué.

— El porqué ya lo sospechamos, ¿no?

— La fecha, Valdez, la fecha.

— Llámeme Oscar.

* * *

Ya no podía darme el lujo de dudar de Oscar Valdez, estaba segura de que iba a hacer su trabajo y también estaba segura de que me iba a costar mucho más de lo que imaginé aquel día en Margarita, más de dos meses atrás. Mientras tanto, yo tenía que sobreponerme al susto que me ocupaba por completo y hacer el mío.

Querido amigo:

Supongo que te habrá extrañado mi silencio, disculpa, pero excusas tengo: una mudanza de casa, un cambio de trabajo, problemas familiares inagotables y, para más "inri", esta

ciudad y este país en que vivo, de constantes zozobras y horro-
res, te imaginarás.

En fin, lo cierto es que no he podido adelantar nada de
nuestro asunto. Después de la respuesta del Consulado de
España lo intenté con un gestor, pero sin el más mínimo
resultado. Te ruego entonces que le des noticias de mi fracaso
a Begoña (por cierto, ¿todavía no tiene correo electrónico?).
Dile que lo siento mucho, que hice todo lo posible y dale un
gran beso de mi parte.

Recibe un abrazo, y por aquí siempre a tus órdenes.
Inés

Querida Inés:
No te preocupes, me lo imaginaba, y también Bego, con
quien sabes siempre mantengo el contacto. Pero hay algo que
quedó pendiente, eso del barco holandés y de dónde Aitor lo
había tomado, ¿a qué vino esa pregunta?

Un fuerte abrazo
Mikel

Querido Mikel:
Ya ni recuerdo bien, entre tantas cosas... Creo que fue
algo del gestor, una cosa que me pidió preguntara, no sé, una
tontería.

Abrazo
Inés

Lo siguiente era llamar a Edurne. Nunca he podido
entender del todo por qué si me escribía largas cartas,
aunque cada vez más alejadas, es verdad, dejó de hacerlo al comprarse "el ordenador" con conexión a Internet.
Cuando me dio la noticia de su fabulosa adquisición
me sentí adolescentemente feliz, por fin íbamos a revivir nuestra amistad, nos escribiríamos con frecuencia

y sabríamos el día a día de cada una. Volvería a tener con quien compartir mis secretos, o casi. Después de mis cinco o seis correos llenos de sucesos y sentimientos, que fueron siempre respondidos de la manera más escueta posible, entendí el único mensaje suyo y descarté por completo la posibilidad de comunicación que nos brindaba la tecnología. Aquel día en Bilbao le pregunté la razón y me respondió también de manera breve y tajante: "Eso no está hecho para mí, mucho menos para entenderme contigo, es algo frío y sin vida, mata las buenas energías. Solo lo uso para las cosas que no son del alma, ¿entiendes?".

La conversación tendría que ser larga, la sola introducción me llevaría muchos minutos, un domingo sería el día más indicado. Primero fue la sorpresa de mi llamada, luego los comentarios acostumbrados, el cómo estás tú y Amaxu y tus hijas, ¿y yo?, bien, trabajando mucho, y los míos bien también, todo bien. Y ahora, verás, Edurne, querida... pero antes prométeme dos cosas: que no me vas a preguntar por qué pregunto, y que no le vas decir a nadie nada sobre esta conversación.

—Entonces, ¿me lo prometes?
—¡Claro, gorda!
—¿Las dos cosas?
—¡Gorda!

Finalmente, con la voz entrecortada por el temor a la verdad, le hice mis preguntas, y la inmediatez de sus respuestas ("La última vez que estuvo por aquí fue un año antes de la noticia". "Creo que no hubo llamadas, sé que a Bego le envió varias postales y a Mikel algunos mail") me hizo sospechar que también ella se las había hecho al menos alguna vez.

—Espera, no vayas a colgar, por favor, que ahora soy yo quien te quiere decir algo y te ruego que no me

interrumpas porque no es fácil. Te prometí que no te
iba a preguntar nada, pero aunque tú no lo creas, nunca has podido tener secretos conmigo. Ahora te estás
guardando esto y hace años otras cosas. No es que las
conozca, pero las intuyo, siempre las intuí. Cuídate, cuídate mucho y no te vayas a enredar en asuntos raros. Tú
eres mi hermana y a veces lo has dudado, pero no tienes
derecho a pensar así. Yo estoy siempre cuidando de ti
con todas mis oraciones. Lo último que te molestó es
que no te ofrecí mi casa, eso sí lo sé con certeza, el solo
hecho de que no llamaras para despedirte me lo con-
firmó, pero yo creí que no tenía por qué darte mayores
explicaciones, creí, precisamente, que nuestra amistad
era tan profunda que estaba por encima de esas tonte-
rías. Los verdaderos afectos son eternos, al menos los
míos, y yo sé que los tuyos también, por eso estás así,
por eso mismo, ¿no es cierto?

— Edurne...

— Dime que te vas a cuidar.

— Lo estoy haciendo, te lo aseguro amiga — le dije
antes de trancar sin mayores despedidas.

* * *

Hacia dónde mirar y, sobre todo, hacia dónde correr, a
dónde huye uno cuando el dolor te alcanza de manera
tan despiadada. No, no volví a soñar con Aitor, pero fue
peor aún, porque la imagen del muchacho que conocí
en un apartamento de la Candelaria y que mantuvo mi
mano asida durante buena parte del trayecto en la marcha del 75 me acompañaba durante todas las horas del
día. Y si no era ésa, eran unas todavía más martirizan-

tes: la obligadamente imprecisa del tierno e impetuoso amante de una mujer borracha en un cuartucho de no sé dónde, o la del hombre iracundo y desencajado tras el ojo mágico de mi puerta, o la de aquella suerte de espléndido ángel suplicando mi compañía para un simple paseo sobre la tibia y reconfortante arena.

Cuando Valdez apareció dos semanas después ya yo había pasado lo peor, ya yo sabía lo peor. Que cómo me encontraba, que si estaba bien, y yo que sí, que muy bien, que si solo por eso me había llamado. No, tenía noticias, pero le era imposible "trasladarse" hasta Caracas, al menos en los próximos días, "un trabajo importante que tengo aquí y no puedo alejarme del sitio de la investigación, pero es que usted me preocupa".

Era jueves, y el sábado tomé un avión para Porlamar y de allí el taxi hasta Juan Griego. Necesitaba acabar de hundirme de una vez por todas en lo que nunca habría tenido que conocer.

Tenía muebles nuevos y había puesto vidrios ahumados, además de una gruesa cortina que me preguntó si quería que corriera (de algo le ha servido mi dinero —no pude evitar pensar). "No hace falta", le contesté mientras guardaba mis lentes de sol y me sentaba, antes de su invitación, en una butaca de espaldas al ventanal. El fuerte olor a spray de manzana recién esparcido me obligó a sacar el pañuelo antes del estridente estornudo.

—¿Tiene gripe?

—No, no se preocupe.

—¿Quiere tomar algo, un refresco, un té?, es lo que le puedo ofrecer.

—¿Qué tal si vamos a tomar un café en algún sitio? —alcancé a decir en medio del siguiente estornudo.

No fue un café, fueron unas cervezas en pleno mediodía, la mejor hora para hacerlo bajo un sol espléndido y frente al mar.

—Tuve que contratar a otra persona en Caracas.

—Yo pago, no hay problema.

—Ya eso lo pagó. Le digo lo de la otra persona porque lo que había que averiguar no podía hacerlo desde aquí. Aunque le puedo confirmar que, en efecto, murió en la isla... y asesinado. Encontré el reporte forense: un disparo en la pierna derecha y otro en el tórax, entró por la espalda y perforó el pulmón izquierdo rozando el corazón.

Lo que vino después no fue una sorpresa. Su discurso sobre las actividades de los etarras en los últimos años y sus conexiones en el país no me importaba para nada, tampoco los detalles precisos de las que supuestamente correspondieron a Aitor, ni siquiera el pormenorizado itinerario de su huida al saberse blanco de una persecución. Sí, ya lo sé, Valdez, quise decirle cuando mencionó con fecha exacta su veloz paso por Caracas antes de llegar a Puerto La Cruz y tomar el ferry para Margarita. Nada de eso me interesaba a esas alturas, me interesaba lo único que no quería oír: la traición por parte de sus compañeros de grupo, una traición que le daba mucho mayor dimensión a la mía.

—Sin duda se trató de una orden. Una orden que no podemos saber de qué nivel de la organización surgió y mucho menos la razón. Pero puedo seguir averiguando.

—No, no hace falta —repliqué tras mis lentes oscuros y ya empañados.

—Si usted quiere puedo bajar notablemente mis honorarios.

—No hace falta, ya le dije.

—Tiene la nariz roja, ¿seguro que no es gripe?

—No.

—¡Uhmm!

Dos, tres sorbos más cada uno a su cerveza y la lenta e inevitable vista en la bahía, en el mar, infinito, indescifrable, tanto como lo es la verdad, cualquier verdad. De qué me podía servir seguir indagando en cosas tan ajenas que nunca iban a terminar de construir definitivas certezas; lo único que me podía afectar de todo aquello ya lo conocía, ya había tomado cuerpo, un cuerpo sólido que estaba instalado en mí y me oprimía, mucho más que el peso del mar, más que la luz inclemente del mediodía tropical. La verdad que me incumbía era la mía, la única.

—Es probable que su amigo Jaurrieta tenga la respuesta.

—¡¿Y le parece que le pregunte?!

—No quería decir eso... Si me contara... creo que le haría mucho bien.

—¿A quién?, ¿al muerto?

—Es usted insoportable, ¿se lo han dicho?

Sí, Oscar Valdez, me lo han dicho muchas veces, pero nadie como tú, con esa mirada fija y miope de lobo lascivo extraviado en la nieve, con esos labios untuosos que podrían tal vez calmar en algo mi desasosiego, con esas fisuras talladas en la todavía tierna piel de tus mejillas y que en este momento daría la vida por palpar, con esos dedos largos y seguros que se aproximan a mi mano justo en el instante en que voy a tomar de nuevo el asa de la jarra y que aparto asustada para buscar no sé qué cosa en mi cartera, el pañuelo, sí, el pañuelo, no para atrapar un estornudo, más bien, lo mejor, para acercarlo a mis ojos escondidos tras los oscuros cristales.

—Inés, usted nada podía hacer. No se martirice con viejos recuerdos. Trate de vivir el presente.

* * *

Recuerdo, eso sí y perfectamente, la madrugada en que atendí el teléfono para escuchar la voz maltratada, entrecortada y ansiosa. Recuerdo que dos horas después vi por la mirilla a un hombre que lucía demasiado mayor para la edad que entonces debía tener, fuerte y viril sin embargo, y con aquella expresión de desamparo que, ahora sé, me perseguirá hasta el fin. Pregunté furiosa, a gritos, sin importarme el sueño de los vecinos, cómo había conseguido mi dirección, cómo lo había dejado pasar el vigilante, pero no dejé que me respondiera porque enseguida lo amenacé —y supuse que en vano— con llamar a la policía. Fueron palabras mágicas, porque no insistió; en cambio dibujó en el aire la señal más soez que se le ocurrió y dio media vuelta. Tuve miedo del hombre, de la desesperación que mostraba y también de toda aquella historia de siquiatras y clínicas de reposo, de maltratos a Begoña y violencia incontrolable, pero más miedo tuve de mí, porque dudé, porque sí hubo un instante en que mis ojos buscaron ansiosos las llaves y en que mi corazón saltó de gozo. Recuerdo, eso sí y exactamente, la fecha de esa madrugada en que oculta tras la persiana de mi cuarto a oscuras observé cómo se alejaba, a prisa y tambaleando, vencido, para siempre.

Tiempo de ratas frías

Poco a poco, yo iba ocupando el lugar del hombre
que me faltaba y que me invadía. Acabé por contemplar,
con los mismos ojos que él, el cuello blanco de las sirvientas.

Marguerite Yourcenar

Nunca comprendí esa extraña necesidad que guió mi vida, ese apremio por amar todo lo que él amara, por compartir, o más bien conocer, cualquier sentimiento que lo turbara.

Era así como la curiosidad ocupaba el lugar que solo correspondía a los celos.

Yo comenzaba por burlarme de ellas, de lo que llamaba cursilerías de incipientes amantes, infantiles dibujos y manualidades, trémulas cartas y misteriosas llamadas telefónicas; de sus piernas torcidas, senos exuberantes y ojos miopes. Por último, de sus ambiciones artísticas. Porque todas aspiraban a la creación, todas fueron talentosas más o menos frustradas, como yo. El respondía entonces con un gesto cómplice que delataba su admiración hacia mis divertidas agudezas.

Sin duda me creía superior, las aceptaba como inocentes exploradoras incursionando en territorios extraños ya conquistados por mí; el solo hecho de aceptarlas me otorgaba esa superioridad que era mi aliento y mi orgullo.

Pero cuando todos los motivos de burla se agotaban, cuando mis ingeniosas frases sobre ellas, sus defectos y, a veces, cualidades, ya no lo hacían sonreír, empezaba el proceso de seducción. Me vestía y actuaba para ellas: trajes atrevidos, peinados a la moda y ademanes impetuosos para las que pasaban de los treinta; estilo clásico y sobrio —cola de caballo o moño, camiseros, faldas de lino y estudiados movimientos— para jovencitas veinteañeras. Sabía que deseaban parecerse a mí y por eso intentaba contrariarlas, con la seguridad de que me hacía aún más extraordinaria y distante. Pretendía desequilibrar sus gustos sin percatarme de que la primera en perder el equilibrio había sido yo misma. Aunque quizás esa era yo, ése mi estilo, cambiante, inconstante, según *él* me presentara la vida, según sus caprichos.

Querían parecerse a mí, comenzaban a parecerse a mí y finalmente cedían a mis íntimos propósitos. Así, cuando llegaba el acercamiento planeado, no lograban asombrarme. Podía ser una tímida llamada de teléfono, un encendedor que al descuido daba fuego a mi cigarrillo, mi nombre pronunciado con un dejo especial en cualquier reunión o calle bulliciosa.

La llamada o el saludo se prolongaban, continuaban en un almuerzo, en una sala de cine, en la barra de algún bar de moda: hablábamos de muchas cosas pero solo hablábamos de un hombre. El único sorprendido entonces era él, no entendía, dudaba, no lograba ocultar su resquemor hacia mí. Pero justo en ese momento yo comenzaba a perder terreno. Intentando descubrir qué lo había guiado a amarlas —si la forma en que apartaban el cabello de la frente, el entornar de los ojos al pronunciar ciertas exclamaciones, los misteriosos poemas que eran capaces de improvisar sobre una servilleta, o la manera de caminar, de sentarse, de alisar la falda sobre los muslos—, me aprendía de memoria cada uno de sus gestos y manías, los soñaba, pretendía repetirlos en mi soledad frente al espejo, buscaba el secreto de su encanto y terminaba amándolos de tanto convivir con ellos.

Entonces, poseída por una lógica aplastante, aceptaba que aquellos seres eran dignos de su amor porque habían logrado conseguir el mío.

Después no deseaba más que descubrir sus cuerpos, disfrutar de las caricias secretas, extasiarme en el amor que a él procuraban. Mis ansias me arrastraban al ridículo y sucumbía persiguiendo y acosando a aquellas mujeres que vivían plenamente para él, sin comprender que yo no era más que un opaco y desahuciado reflejo del amado, un reflejo al cual ya habían agotado. Hasta que por fin, incapacitada para comprender cuanto había pasado y agotada en mi absurda empresa, brotaba la rabia, el odio. Enflaquecía, me consumía, buscaba castigos desesperados en el alcohol, en drogas, en amantes sebosos y malolientes.

Pero un día, en un segundo de imprevisible ventura, me llegaba la única noticia que podía salvarme del oprobio que yo misma elegía: lo habían visto en cualquier bar pregonando su amor por mí, solitario y abandonado, como si el sufrimiento alguna vez le hubiera correspondido. Y yo, corría al espejo, a la peluquería, a los perfumes y lápices labiales. Retomaba mis olvidados proyectos con fervoroso impulso, cambiaba el cigarrillo por las pastillas de menta, el alcohol por sodas y aguakinas. Lustraba mis zapatos, lavaba y planchaba mis vestidos favoritos (de él), comía con placer, volvía a sonreír generosa y sensualmente, volvía al único amado porque él así lo quería: me esperaba.

¿Cuántas veces me perdí deseando convertirme en él? Tal vez muy pocas, pero resultaron demasiadas. Lo comprendí así cuando desperté abruptamente de tan larga pesadilla ante la visión de aquel par de cuerpos desnudos y sangrantes.

Creo que el horror a que ese hombre sometió mi vida logró conmover a mis jueces. Ellos anularon toda culpa obligándome a expiarla. Me apartaron del mundo, que era su mundo, para darme el premio de esta libertad que por primera vez conozco.

I´m your baby tonight

a W.H.

Otra vez, como tantas otras veces, horas dando vueltas en la cama, luchando contra el sueño, no puede rendirla, debe seguir atenta cada uno de los ruidos del edificio, sobre todo el del ascensor. Sabe que el corazón comenzará a acelerarse cuando alcance a percibir el desplazamiento de la puerta automática justo en su piso. Pero aún no estará segura, solo el particular sonido de las llaves podrá darle la certeza: la manera en que chocan entre ellas, la manera como una, desorientada, abre la reja, y segundos después otra, más extraviada todavía, se introduce en la cerradura de entrada al apartamento. Para entonces su pecho parecerá incapaz de contener el órgano debocado donde se supone habita el amor. Habrá llegado el momento de simular un sueño profundo aun sabiéndolo inútil, ocioso empeño en un cuerpo que se tensa estremecido por el pánico.
La bestia acaba de encender la luz.

Del corazón todavía

Paso a su lado. Y seguiría firme mi rumbo venciendo este inexplicable deseo de voltear, pero el "¡no, vale!" resucita a la que fui obligándome a ceder. Giro y tropiezo con su mirada, lenta, sí, pero indiferente. No me reconoce, es imposible: mido por lo menos siete centímetros más con estos altos tacones que me esforcé en aprender a usar, peso diez kilos menos, luzco un abundante cabello negro, nada que ver con la escasa melenita castaña de mi juventud, y mis labios, antes apenas unas líneas insulsas, asoman hoy como flor agresiva teñida de rojo intenso.

Resulta inevitable una rápida sensación de fracaso; la inutilidad de mis movimientos y transformaciones durante años, el recorrido de miles de kilómetros sin posibilidad de vuelta atrás, lo mucho que me ha costado acostumbrarme a esta ciudad extraña y a una lengua que jamás llegaré a dominar. La lucha que implica el "volver a empezar" cuando va bastante más allá de la simple retórica. ¿Qué hace este hombre aquí?

No obstante, afirmar que he intentado desaparecer todo lo vivido antes de mi llegada a este lugar sería inexacto, poco sincero. Debo reconocer que existen fragmentos que cultivo como a una íntima y feliz ficción con el único fin de animar mi triste destino, suerte de espejismos repetitivos a los que cada vez he ido añadiendo un detalle más de brillo y hasta de ternura. Una pequeña historia personal, mi historia, quién sabe cuán incierta, porque la falta de testigos, de cómplices interlocutores del pasado termina por convertir a los recuerdos en dudosos y, ¿por qué no?, engañosos territorios de ninguna parte. Y ahora, cuando era imposible sospechar cualquier asomo de certezas, surge de la nada el personaje principal, quien unos metros más allá, y por sobre las tantas personas y algarabía que ya nos separan, insiste en observar a la extraña que se deshace del grueso abrigo y la cálida bufanda para sentarse en su acostumbrada mesa de la esquina menos iluminada. Mientras me siento, nuestras miradas vuelven a cruzarse en segundos que se alargan convocando una serie de imágenes inconclusas que luchan por mantenerse, para que yo pueda comprobar, sin duda alguna, de manera definitiva, que no he creado un sueño, que hubo otra en mí y, además, que la felicidad existió, pero también el sufrimiento que jamás conseguiré desterrar.

No solo fue el primer amor, fue el primer hombre, aquel que toda mujer ha presentido desde niña, frente al que un día te desnudas, metafóricamente, literalmente, sin ningún temor o duda. Tendida sobre su chaqueta que evitaba el frío roce del piso del aula de clases, abrí mis piernas para dejarlo entrar, dominada por el deseo (cumplido para mi desgracia) de que nunca más se fuera de mí. Todo por ese entonces era sí, trasgresión tras trasgresión, la única forma en que concebíamos la vida; y lo de esa noche, la única forma en que podíamos llevar a punto culminante las dos o tres semanas de frenético noviazgo. Como ladrones expertos evadimos entre contenidas risas la vigilancia de los bedeles y logramos entrar en el pasillo a media luz de la Escuela, tanteamos sigilosos varias puertas de salones hasta dar con una que por fin se abrió. Perdí mi virginidad, feliz y ardorosa, en el aula donde recibíamos las materias que nos habían unidos: griego clásico y latín. Tal coincidencia no podía sino pronosticar la dicha eterna.

Tampoco él es el mismo, los años le han sido demasiado crueles. No se trata del cabello gris, ni del vientre que orondo resalta aún en posición sedente guardando los residuos de cientos de litros de cervezas; ni siquiera del rostro deformado por grasas y arrugas que apenas dejan entrever los otrora amados ojos verde oliva, casi violetas a la luz del sol, igual a los de la Taylor, solía decirle cubriéndolos de besos. Lo que noto es más bien una expresión de extremado cansancio, como si se hubieran depositado en él las miles de ruindades de la humanidad completa.

Desde entonces no hubo lugar ni momento en que no buscáramos ansiosos la posibilidad de disfrutar lo recién descubierto. A la distancio nos veo y reconozco unos enloquecidos enamorados capaces de los mayores descaros. ¡Cuántas veces desde que llegué a este sitio remoto no me he encontrado al acecho de púberes amantes callejeros en un empeño por reconstruir, detalle a detalle, aquellos encuentros iniciales! El encuentro de dos cuerpos que nada tienen que ver con el del ser adiposo que acabo de descubrir y, menos todavía, con el que ahora exhibo después de unas cuantas intervenciones estéticas. ¿Sabrán los hombres de su edad distinguir lo original de lo creado con inyecciones, láser y demás fórmulas e implementos quirúrgicos? Sí, seguramente son ellos los únicos diestros en tales diferencias (los más jóvenes ya deben de estar acostumbrados a la recreación de la carne femenina, y es posible que lo natural termine por perturbarlos, por parecerles impropio e incluso repulsivo), pero no a esta distancia, no en este ambiente lleno de gente y escasa iluminación. No creo entonces que alguna evidente disonancia en mí haya atraído su curiosidad; tampoco que mi presencia o personalidad resulte tan atractiva para distraer la atención de nadie. Diría más bien que se ha visto obligado a reparar en la figura que hace apenas unos instantes pasó a su lado porque las historias vividas se detienen cual presente inalterable y eterno en algún espacio que no podemos percibir y ni siquiera imaginar. Basta un casis imperceptible gesto, un exiguo aroma, un leve tono, para que resurjan con casi la misma fuerza de los días que creíamos olvidados, clausurados.

Cuando por fin conseguimos vivir juntos, la pasión se mantuvo intacta, sino más vehemente. Dejamos de exponernos para descubrir las insospechadas posibilidades de las pieles enfebrecidas en un recinto propio. Ambos enflaquecimos, ambos perdimos un semestre encerrados en un minúsculo tipo estudio saturado por el olor de nuestros flujos confundido con el de los ceniceros. Y hubiéramos continuado así, quién sabe con qué futuro diferente, de no ser por las mensualidades acumuladas del apartamento y el sincero consejo de los amigos más cercanos, tan atados sin embargo al rabioso y eterno presente de la juventud como nosotros. Retomamos los estudios y decidimos buscar esporádicos trabajos para cubrir las necesidades básicas. Fue la época más plena de mi vida y, claro, no dejo de agradecérsela.

Yo vine sola, lo hago con frecuencia porque sé que antes de la medianoche, cuando comienza a tocar el grupo de música caribeña, grandes imitadores de lo mejor de la salsa clásica, aparecerán amigos o simple conocidos con quienes compartir hasta la madrugada. A él, en cambio, lo acompañan otras personas que hablan un español a gritos con inconfundible y aún nostálgico acento, entre ellas seguro su compañera, eventual pareja o última esposa quizás, por la forma en que los ojos de esa mujer, canina husmeante, recorrieron varias veces la distancia de ambos rostros durante nuestros dos únicos cruces de mirada. Es tan desagradable como él, morena teñida de un rubio imposible, basta y de expresión hierática, es decir, saturada de infiltraciones que pretenden borrar el tiempo.

Poco después de graduarnos tuvimos que aceptar que nada quedaba por decirnos, aunque lo más doloroso, motivo de la separación postergada, fue admitir el agobio de unos cuerpos que extendidos cada noche sobre el mismo lecho se esforzaban por evitar la probabilidad de un roce, porque en lugar del amor, lo único que podíamos hacer entonces era la lucha. Claro que esto nada tuvo de gratuito. El ideal de una forma de vida con valores, más que diferentes, completamente opuestos a los que habían sostenido durante siglos a la sociedad que repudiábamos, llevaba implícita la trampa en uno de sus principales postulados. Le dimos la espalda al más genuino sentimiento buscando en otros seres respuesta a nuestros necios disgustos o desacuerdos. Nos creímos más allá del bien y del mal apenas cruzada la veintena. Pretendiendo alimentar nuestra sagrada rebeldía ante un mundo inclemente, solo logramos animar un gran y mutuo rencor. Y para no claudicar de tan elevados ideales, decidimos dejar de ser amantes, aunque, eso sí, ilusos nos juramos amistad eterna. En ningún momento pudimos cumplirlo, ni en los primeros tiempos de separación, mucho menos más tarde.

Podría levantarme e irme, sería lo más indicado, la más lógica actitud de la persona que hoy soy, una mujer sensata con más de sesenta, a pesar de la elaborada figura juvenil y el rostro de edad indescifrable. No lo hago, un reconocible sentimiento morboso me somete y vence el temor al peligro y al dolor. En lugar de la huida, intento una y otra vez llamar la atención de la muchacha que atiende para ordenar mi plato de salchichas preferido. Evito, eso sí, dirigir otra vez la vista hacia los compatriotas, dedicándome en cambio a aguzar mi oído en un esfuerzo por capturar trozos de frases y palabras familiares que pudieran alzarse por sobre el ruidoso local.

Si me decidí a aceptar las clases en una oscura universidad de provincia fue porque supe de su matrimonio y, enseguida, de la beca y el posgrado en el Norte. Entonces me di cuenta de que nunca había dejado de animarme la remota perspectiva de una reconciliación, y ante tal descubrimiento rogué que se quedara bien lejos, que no regresara jamás, pero sin dejar de preguntarme cuánta sinceridad inconsciente albergaba mi deseo consciente. Muchos años pasarían antes del reencuentro. Para entonces, por supuesto, mi vida era muy diferente. Me había negado a construir una familia (más por fidelidad a aquellos principios de mi primera juventud, tan fácilmente olvidados por él, que por otra cosa) y ocupaba todo mi tiempo en tratar de mantenerme al día en las materias que dictaba y en la escritura de unos artificiosos poemarios publicados en sellos casi clandestinos. El día en que leí su nombre entre los expositores de un coloquio destinado a conmemorar los diez primeros años de mi universidad, me asusté, escribí un nuevo poema críptico y armé con todo detalle el pretexto de una enfermedad que excusaría mi ausencia durante el acto y posterior celebración. Pasado ese primer momento, superado con innumerables ginebras y las voces de María Dolores Praderas y Chavela Vargas, opté más bien por ponerme a dieta y comprarme alguna ropa decente, un vestido naranja pagadero en tres partes, las dos últimas cuando el traje había dejado de existir. No obstante, tomada mi decisión definitiva, algo seguía molestándome: el tema central de los expositores se aproximaba mucho más a la sociología política que a cualquier asunto relacionado con las materias que suponía eran de su dominio (y del mío), por eso, claro está, no habían contado con la opinión de mi departamento.

Finalmente la joven mesera responde a mis nerviosas señales, pero ya no quiero las salchichas; en su lugar pido algo más apropiado para la ocasión: una ginebra con jugo de limón, *bitter*. Aprovecho para seguir el recorrido de la muchacha hacia la izquierda, rumbo al bar, y volver sobre la mesa donde, lo noto ahora, los hombres beben espesa cerveza negra y las mujeres un costoso vino espumante, lo más semejante a la champaña que se puede conseguir aquí. Él ha cambiado de sitio y ya lo que alcanzo a ver no es su perfil, sino su espalda, su torso de espaldas, amplio, inmenso, más extenso aún que aquel espacio infinito donde mis brazos se perdían intentando abarcarlo por completo y cuya exacta proporción, siempre, inútilmente, he buscado en todo los hombres que me han deseado.

No recuerdo muy bien su intervención, la verborrea me resultó obtusa y algo impostada: compromiso, pobreza mundial, imperialismo, revolución en lugar de la eterna rebeldía que una vez prometimos no abandonar; pero sí me acuerdo perfectamente de su chaqueta gris y la camisa blanca, de aquel vestido que yo estrenaba y las sandalias donde sobresalían diez uñas pintadas por primera vez en mi vida. Nos saludamos como cual-

quier pareja de viejos amigos, más efusivo él, aunque
más tarde fuera yo quien presionara para abandonar lo
antes posible al numeroso comité de recepción. Ya solos
los dos en el bar de su hotel, no hice la menor mención
del discurso altisonante. Tampoco hablé de mí, bien
poco tenía que decir, preferí que me contara él, de la
experiencia en Canadá, de sus estudios, de qué tal le iba
de casado, de si había tenido hijos, si había regresado
para quedarse. Siguió mi pauta sin la menor alteración:
en lugar de una antigua amada, podía haber sido yo una
aguda reportera. Por último pregunté lo único que me
interesaba, no por lo que pudiera contestar, sino porque
fuera cual fuera su respuesta, ella terminaría llevándo-
nos al lugar con el que tanto había fantaseado durante
tres semanas de ansiosa espera y todo tipo de vegetales
y carnes a la plancha. Tan coqueta como mis uñas gra-
nate, tan osada como mi ajustado vestido, salió mi voz,
temblorosa sin embargo: "¿Me has recordado?".

Apenas comenzado el primer montuno, se sientan
a mi lado dos viejos conocidos acólitos del lugar. La
alegría de los ya borrachos paisanos domina la escena
y mis compañeros los observan divertidos, pero no se
atreven a ningún comentario. Imagino lo que imaginan:
si parezco tan concentrada en la música y tan ajena a esa
mesa debe ser por algo, por lo mismo que desde hace
años vivo en esta ciudad tan fría y en la cual siempre
digo sentirme extraviada; de seguro se apiadan de mí,
pero sospecho que también me reprochan el poco argu-
mentado rencor, evidente desde que me conocen, hacia
cualquier cosa que convoque el nombre de mi patria.

Tal vez esa noche fue más decisiva para la mujer
enamorada que lo que vendría tiempo después. Apenas
cerramos la puerta de la habitación me ocupó el ímpetu
que durante tantos años no había sido capaz de recu-

perar. Como si no hubiera pasado ni un día, me ator-
nillé a su cuerpo y comencé a desvestirlo sin despegar
mi boca de la suya, lo obligué a tenderse en la cama y
sobre él subí mi vestido. Fue allí cuando por fin actuó,
sus manos hirieron mis brazos, y el gesto que imaginé
por un segundo inicio de efusiva pasión correspondi-
da se convirtió en bochornoso reclamo: "¡Te has vuelto
muy torpe, ¿qué te sucede?!".

Ahora es él quien pasa a mi lado y tropieza no con
mi mirada, sino con mi silla tratando de evitar a alguno de los primeros danzantes, pero yo no me inmuto,
ni siquiera cuando dice "perdón... *sorry*". Soy la mujer
de Lot, si volteo me convierto en sal y enseguida me
desmoronaré sobre este inmundo piso. Dos pasos más
hacia el baño y se detiene. No lo veo, más bien fijo la vista en los dos amigos, primero en uno, después en el otro,
que sí lo escrutan con verdadera curiosidad: aquí se ve
de todo, pero él resulta un espécimen demasiado raro.
Puedo presentir entonces el moroso movimiento de su
enorme rostro que se vuelve para hurgar a la mujer sentada y desatenta a su presencia, mientras ella (yo) alza el
vaso de ginebra calculando cada milímetro que recorre
hacia la ansiosa boca.

La tijera, la tijera, la tijera, era mi único pensamiento dentro del taxi y cuando llegué por fin a mi casa. Furi-
bunda busqué la pareja de filos para destrozar aquel vestido sobre mi cuerpo y convertirlo en perfecto harapo sin
importar ni sentir las heridas y rasguños, en mis senos,
vientre, piernas, que tardarían muchos días en sanar.
Luego otra vez y no sé cuántas más chillé y lloré *Palo-
ma negra*, hasta que el gorjeo profundo de Chavela logró
rendirme. Todo eso sucedió poco antes de que empeza-
ra a hacerle caso a Gustavo, solitario como yo, profesor
como yo; antes, por supuesto, de que me preguntara si

quería hacer una vida con él. No solo le dije que sí, también nos casamos. Pero no pasé de ahí: los hijos nunca vinieron, yo lo impedí y él jamás llegó a enterarse. Fue una buena y larga experiencia, dulce, podría decirse. Éramos dos personas juiciosas dedicadas a hacerse compañía, a compartir las cosas buenas y malas... hasta que el país cambió y lo ocupó el trabajo político. Nunca comprendí del todo su posición extrema, y en silencio le agradecía que no insistiera en explicármela, aunque ello implicara la distancia que comenzó a instalarse entre ambos. Aceptaba, eso sí, que razón no le faltaba, y es que yo, siempre descontenta con los gobernantes de turno, comenzaba a percibir estos nuevos como mucho más absurdos y brutales. Tenía también plena conciencia de mi incomodidad al afirmar ciertas cosas en clases, e incluso llegué a eximirme de expresar algunas de mis más acérrimas convicciones. Sufrí con la despedida de familiares y amigos que optaban por el exilio a pesar de las pésimas posibilidades fuera. Recuerdo también que una vez, abatido por las tantas traiciones y fracasos de su grupo de activistas, me habló de hacerlo nosotros. Aquí está mi vida, mi sangre, mi único espacio posible, le contesté. Pero había algo más, algo de lo que nunca llegué a hablarle: mi duda, mi confusión, pues en medio de todo no dejaba de preguntarme si éramos nosotros (yo, y Gustavo en mucho mayor medida) los equivocados. Me empeñaba en entender por qué algunos de los grandes amigos de otras épocas, aquellos con quienes compartí el sueño de "un mundo mejor", ocupaban ahora importantes cargos en la administración pública y apoyaban a viva voz o con asertivo silencio lo que parecían ser atroces desatinos políticos. ¿Es que mi sueño no fue el mismo de ellos?, si no, ¿por qué ese sueño es ahora mi pesadilla? Entre esos amigos, él, Viceministro de Vínculos Internacionales para con los Pueblos Oprimidos o algo así; él, el que en este momento grita como loco, meneando su opulenta figura, "Anacaona, india de raza cautiva...", en un intento por seguir al solista rubio que nunca será Cheo Feliciano.

Pero ya las ginebras han hecho su efecto y en verdad no noto mayor diferencia entre cualquier Fritz o Hahn o Ritter y Cheo. Me yergo sobre mis altas botas para tratar de dar algún paso frenético con el ritmo de la salsa. El más joven de mis amigos resulta muy perspicaz, se levanta de inmediato y me sostiene antes de la caída, y también solidario, porque empieza a bailar conmigo algo que más bien parece un bolero, ¿o algún antiguo vals vienés? ¡Ah, los europeos jamás aprenderán a mover las caderas! Pero aquí, en medio de la impostada euforia caribeña, nadie se da cuenta de nada.

A Gustavo lo apoyé hasta el último momento, y si aquella vez en que me planteó abandonar el país terminé por decirle "si quieres hazlo tú, que yo me quedo", lo cierto es que de él decidirse yo no habría dudado en acompañarlo. Era mi única ancla a una cotidianidad reconocible y todavía amable, el microclima que me esmeraba en preservar. Solo gracias a su presencia podía lograr evadir, entre libros y quehaceres domésticos, una realidad tan adversa. Pero cuando se fue, no pude seguirlo. Me extrañó su ausencia de dos días continuos y me asustó la imposibilidad de localizarlo. Al tercero recibí un mensaje de su puño y letra, me lo entregó un desconocido a la salida de la universidad: "Estoy bien, no quiero involucrarte. Cuídate mucho corazón. G". Lo demás fue absolutamente previsible. No había pasado ni una semana cuando supe de su arresto. No por los periódicos, que empecé a comprar después de mucho tiempo sin querer saber de ellos, ni por ningún conocido (la manera en que todo el mundo me evadía era demasiado elocuente, pero no de nada específico, solo del peligro); fue la propia policía marcial la encargada de darme la noticia el mismo día en que, por primera y única vez, sufrí un allanamiento. No hubo hueco donde no buscaran, espacio que dejaran sano. Paralizada en un rincón de la sala, más por la enorme arma cercana que por el absurdo de todo aquello, temí por un momento la aparición de algo realmente comprometedor, pero tal pensamiento lo alejé de inmediato: estaba segura de la nobleza y del amor de Gustavo, jamás me pondría en riesgo. Como despedida me anunciaron la muy próxima orden de prohibición de salida del país, que se cumplió, con máxima efectividad, a la mañana siguiente.

Mis compañeros han hecho todo lo posible por sacarme de aquí, pero yo me aferro a esta mesa y a este vaso que desde hace rato y contra mi voluntad solo se llena de agua mineral. Dicen que nunca me habían visto de esta manera, y es verdad, yo misma no me sentía así, tan borracha de alcohol y desesperanza, desde hace mucho, muchísimo tiempo, remotos tiempos en que era otra, no este ser patético con joven figura y alma de Matusalén. No me quiero ir antes que él, lo quiero ver hasta el final, en su jolgorio, en su fiesta infinita. No sé si ha vuelto a fijarse en el despojo que soy, lo cierto es que ya a mí no me da más clavarle mi feroz mirada, hurgar sus entrañas y perforarle el alma.

No me importaba el país por cárcel, esa situación la compartía con millones de otras personas. Me importaba Gustavo, incomunicado, sufriendo quién sabe cuánto. Lo he dicho, eran varios los antiguos seres queridos que habían alcanzado su más grande ambición, supongo: una ridícula y nunca más vacilante, nunca más pérfida y miserable cuota de poder. Revisé la lista de orondos

abanderados y recurrí a dos o tres de ellos obteniendo
solo disculpas por no sé qué e insistentes evasivas donde su nombre siempre salía a relucir: "¿Por qué no lo
buscas? Si él no puede hacer algo…". Conseguí la cita al
primer intento y fui directo al asunto sin darle el menor
chance al acelerado, traicionero corazón. Me escuchó
imperturbable e imperturbable dio fin al encuentro con
la tajante afirmación de que me iba a ayudar, haría todo
lo que pudiera hacer por mí y yo tuve que darle las gracias. Durante el largo trayecto de regreso a mi ciudad no
dejé de fantasear con el feliz desenlace: Gustavo espe-
rándome en la estación de autobuses o tocando el timbre
de la puerta o llamando por teléfono para anunciarme
su libertad. Luego me las ingeniaría para hacerlo desistir
de cualquier disparate, yo haría que nos convirtiéramos
en callados, sumisos, anodinos personajes de una trama
incompresible. Pero lo que vino fue un acta de defunción y poco después una suerte de salvoconducto con
la información de un vuelo con mi cupo reservado. No
esperé ningún sabio consejo, rompí aquellos dos papeles
con idéntica furia y desesperación que al vestido naranja. Y juro sin embargo que cuando escuché tras la bocina
su ronca voz pronunciando en tono interrogativo las dos
sílabas de mi nombre se me borró por completo mi Gustavo muerto y la huida propuesta, los años de constante
perturbación política y su alto cargo gubernamental, su
matrimonio, sus hijos, su vida lejos de mí e incluso la
noche en que canté una y otra vez la mejor pieza de Chavela. Mi "sí, soy yo…", lo único que tuve oportunidad de
decir, debió sonar a novia ardorosa, a muchacha expectante de la próxima y más prometedora cita de amor.
"Escucha: mañana te llegarán otros papeles, úsalos enseguida y sal de aquí. Hay quienes creen que tú sabes lo
que tu marido no dijo. ¡Déjate de pendejadas!".

¿Y por qué no acercarme y encararlo?, ¿por qué no decirle que ni tiempo tuve de despedirme de mi familia; contarle la cantidad de trabajos humillantes que hice para sobrevivir, de este sentimiento de traición que me llevaré a la tumbra; del miedo que nunca me ha abandonado y la consecuente necesidad imperiosa de borrarme, de transformarme en algo desconocido e imposible, una sombra, un espejismo, una mentira? ¿Por qué no?, por eso, por el miedo, pero ahora un miedo más terrible que pertenece solo a la otra que aún soy, el miedo a lo que ella me dice no podría soportar: su desprecio, su desprecio nuevamente. Levanto la vista y mis amigos me sonríen con ternura, uno de ellos acerca sus dedos a mi rostro para evitar el rodar de mi única lágrima de la noche mientras el director del grupo anuncia el último set dedicado a complacer peticiones. La primera pieza es de Lavoe, un Fritz o Hahn o Ritter distinto intentando remedar al sonero de la Fania. Me sobrepongo a la desazón producida por las primeras estrofas, tan conocidas por cierto, y otra vez impulso mis ojos a recorrer la eufórica multitud en busca del hombre obeso, pero lo que encuentro es una mirada mansa color verde oliva, ¿o violeta?, ocupándolo todo; una mirada que creí solo existía en mi memoria o imaginación, que a veces es lo mismo. Una mirada que en este instante, detenida sobre el rostro rehecho de la que hoy soy, tiene el poder de certificar mi vida. Y justo en el momento cuando el coro se anima con aquel "te conozco bacalao, aunque vengas…", aparecen un poco más abajo sus labios distendiéndose con extrema lentitud. ¿Qué más puedo yo hacer sino responder con el mismo gesto, con la misma dilación y, aun a mi pesar, con cierta picardía? Al fin y al cabo late en mí un corazón todavía.

Debut

No es que lo hubiera olvidado, de vez en cuando volvía a mí, veloz llegaba y se iba, como para confirmar
cierta constante en la manera de afrontar la vida, o más
bien de no afrontarla, de escabullirme del dolor (¿o de
buscarlo?), que cuando se tienen dieciséis años resulta
demasiado pertinaz. Lo que somos en el presente no es
más que consecuencia del pasado, solía decir mi madre.

En algún momento sin embargo tomó visos inquie-
tantes. Despertaba diariamente evocando parte de aquella breve pieza en tres actos. En el primero, yo luciendo
el vestido de piqué verde y su hermoso cuello de crochet blanco. El segundo, todavía en la bata de dormir
con pequeñas flores amarillas. Para cerrar: el pantalón
negro y la franela blanca, "tú segundo uniforme", en
las palabras burlonas de mi primo; es decir, mi atuendo
favorito por entonces.

Tampoco estoy afirmando que fuera el único
recuerdo que me asaltaba. Todos estamos expuestos a
esas incontables imágenes desvaídas que van y vienen a
sus anchas, muchas veces sin motivo aparente. Aparente, digo, porque ellas siempre guardan algún sentido y

tal vez lo que nos falta es un poco de tesón para encontrarles su justo lugar y trascendencia. En mi caso la tarea se ha hecho fácil. Hace tiempo descubrí que por más vagos que sean los recuerdos, su importancia depende de cuán definida sea mi apariencia en ellos: mientras más detalles asomen de mi vestido y peinado, mayor su significado, mayor su repercusión en el resto de mi vida.

El vestido verde no lo estrené en la fiesta de graduación, sino en una previa, un sábado en la noche en que muchachas y muchachos de ambas especialidades, Humanidades y Ciencias, nos dimos cita para celebrar el fin del bachillerato. La gran noche para mí; a la otra no asistiría. Decidida a escapar del necio rito de la toga y el birrete, había logrado convencer a mis tíos de la urgente necesidad de irme cuanto antes a la ciudad que me esperaba para iniciar mi vida universitaria. Claro, "gran noche" es un decir, pues aunque me empeñé en arreglarme con esmero estaba más que dispuesta (o más bien acostumbrada) al fracaso, a asumir sin mayor trauma las consecuencias de mis muy pocas gracias y patológico laconismo. Nadie te sacará a bailar, dijo la otra reflejada en el espejo con sus tacones Luis xv, un pelo liso conseguido a pura plancha y los inmensos lentes de miope, mucho emperifollarte para solo unos cuantos saludos y con suerte algún gracioso chisme de última hora.

Mi primo, graduando de Ciencias y encargado de velar por mí, desapareció apenas cruzamos el umbral de la casa y penetramos en el salón a media luz, cosa que también tenía yo prevista. Tanta elegancia, simpatía y buen humor no iba a desperdiciarse entre aquella cantidad de muchachitas disfrazadas de mujeres.

A pesar de la estrecha complicidad adolescente, lo perdí de vista casi desde esa época. Sabía de él, por supuesto, pero la lejanía, los avatares de la vida universitaria de cada quien y su temprano matrimonio terminaron por separarnos de manera casi definitiva, por lo menos para los buenos ratos. Solo los velorios y entierros de nuestros seres más queridos han propiciado breves reencuentros, testigos de una distancia insalvable y no obstante llenos de cariño, eso sí, y de sus graciosos relatos del pasado donde yo siempre figuro como insólito personaje principal. Durante alguna de esas obligadas reuniones cumplimos con la formalidad de intercambiar números de teléfonos y correos electrónicos. Desde entonces la pantalla de mi celular muestra constancia de su recuerdo dos veces al año, primero un feliz cumpleaños y luego un no menos escueto feliz año nuevo. Aunque no faltará quien pueda calificarme de injusta: cadenas de todo tipo, chistes rebuscados y mensajes de amistad con ocasos, amaneceres y caballos desbocados en elaborados paisajes llenan mi buzón con su remitente, pero en verdad esto únicamente me confirma como partícipe de otra más de las grandes e impersonales lista de direcciones electrónicas.

Por eso, porque tenía su dirección a mano, no tuve oportunidad de dudar el día en que se me ocurrió comunicarme con él perturbada por el recuerdo ya demasiado insistente. Escribí: *Querido primo, recurro a tu asombrosa memoria para hacerte una pregunta que de seguro te extrañará: ¿te acuerdas de alguien que debió ser compañero tuyo en el liceo llamado José Báez?*

Aquella noche fue muchas cosas, entre ellas el inicio de una invariable costumbre. Si de pasar un buen rato se trata, lo mejor que puedo hacer en las fiestas es aceptar de entrada la bebida que me ofrezcan para ubicarme de inmediato en algún estratégico lugar donde obtener la mejor vista de la concurrencia. Allí estaría seguramente cuando, muy ágil yo, me deshice de los lentes al verlo aproximarse. Una suerte de milagro embriagador si tomamos en cuenta que insistió en hablarme aun después de encenderse una luz que me reveló por completo. En medio del estruendo musical, no tuve idea de lo que él decía, pero lo supongo, porque veo la mano que se extiende y que yo, confiada y sumisa, tomo para que me guíe hasta el frente la casa donde hablaban y reían parejas y grupos dispersos. Allí, bajo los bombillos callejeros, puedo por fin detenerme a observar el rostro recio y dulce a la vez de un muchacho que empieza por preguntarme: ¿Por qué te quitaste los lentes?

Luego vino el ¿qué haces tú en esta fiesta? seguido de ¿cómo es posible que nunca antes nos hubiéramos visto?, que es el nombre de esta escena. Siempre he sido distraída, es verdad, pero juro que en aquella efervescencia hormonal resultaba casi increíble que un muchacho semejante hubiera escapado de mis ojos en los pasillos del liceo. Que fuera yo invisible sí me parecía algo absolutamente natural, aunque él se empeñara en lo contrario y llegara incluso a pedirme pruebas de no estarlo engañando. Hoy sería incapaz de repetir ningún diálogo de aquella larga conversación en que yo por primera vez debo de haber compartido mis pueriles preocupaciones y sueños. Lo que sí recuerdo muy bien fue su última confesión. Me contó que el martes saldría de la ciudad y estaría de regreso justo para la graduación, cuando volveríamos a encontrarnos y yo sería su compañera, si aceptaba, claro está. Por un instante pensé en cambiar los planes, tenía tiempo para hacerlo y una promesa tal bien valía soportar mil veces la antipática ceremonia (y no me pregunten por qué ese acto me resultaba tan insufrible), pero al segundo siguiente el drama retomó mis riendas (latirían mi vientre y pecho;

el vestido verde se abrazaría a la humedad del cuerpo vehemente; mis ojos relumbrarían mirando a la distancia los faros de un carro que se alejaba). Para entonces ya no estaré aquí, dictaminó implacable la otra.

Me acuerdo perfectamente, ¡cómo olvidarlo!, contestó mi primo favorito. Una respuesta demasiado breve para tratarse de él, por eso resolví agregarle algún pícaro gesto y una de sus sonoras carcajadas. Solo él era capaz de hacer bromas con aquella historia. ¿Pero cómo la supo?

Con el lejano sonido del teléfono se inició el segundo acto. Pero ese timbre no me despertó. En verdad muy poco dormí aquella noche repitiendo hasta el infinito sus dedos sobre mi rostro, sus besos en mis manos, las palabras dulces de lo que pudo haber sido un primer amor. Alguien dijo "un momento" y luego oí que me llamaban. Salí a atender en bata, la de florecitas amarillas, ya lo dije. ¡No!, ¡otra vez no!, gritó la otra apenas lo escuchó pronunciar mi nombre. ¿En qué momento le había dado mi número? Imposible ponerme a recordar ante el apremio de la voz profunda que insistía en encontrarnos una vez más, quizás la última vez, quizás la segunda de miles de millones de veces más: Mañana voy a buscar unos papeles en el liceo, quisiera verte, verte de nuevo, por favor. Es que… ¡¿Qué?! Sí, está bien, ¿a qué hora?

¿Cobarde?, ¿rebelde? Lo cierto es que ese día no puse el menor empeño en mejorar la imagen que devolvía el espejo: franela blanca, pantalón negro, cara lavada, pelo recogido de cualquier forma y los horrorosos culos de botella, como les decía mi primo. Así mejor, así iba más asustada.

¡Ja!, qué gracioso. ¿Sabes qué ha sido de su vida?, decía mi nuevo mail.

Alguna buena excusa inventaría en la casa para salir tan de improviso dispuesta a recorrer diez cuadras a pie bajo el sol voraz de la pegajosa ciudad de mi adolescencia. Allá voy, presta y decidida; me veo, siento mis piernas temblando a cada paso, el sudor brotando por todos los poros de mi cuerpo, el corazón empeñado en huir por la boca. Cruzo la gran puerta del liceo, cruzo el amplio patio y recorro el pasillo principal en busca del lugar exacto en que me ha citado. Lo diviso, lo observo, conversa con algunos compañeros sin dejar de mirar hacia los lados algo impaciente, pero no me alcanza. Ahora, digo yo, o nunca, dice la otra. Y entonces le hago caso, me aferro a la gran columna, me oculto tras ella, otro magnífico y estratégico lugar para ver a los demás vivir mientras yo solo vigilo.

¿Acaso no supiste que al día siguiente de nuestra graduación de bachilleres murió en un accidente horrible? Por cierto, ahora me acuerdo que en pleno acto me pidió tu teléfono en Caracas. Prometí conseguírselo.

No sé cuánto tiempo pasé pegada a aquella columna ni cuál de sus descuidos aproveché para dar marcha atrás, para deshacer corriendo el camino bajo el mismo castigo solar y llegar a mi casa, a mi cama, y masturbarme por primera vez.

Flor de buganvilia

Una vida resguardada puede ser también una vida atrevida.
Porque todo atrevimiento serio procede del interior.
Eudora Welty

los que solo viven para poner la vida en palabras
los que escriben para poner la palabra en la vida
Guillermo Sucre

Me preguntan si la llegué a conocer, pues sí, por lo menos dos veces coincidí con ella en algún evento cultural hace ya muchísimos años. Para ese entonces llevaba una nutrida vida social, por llamarlo de alguna forma, algo que me gustaba, y que además me habían recomendado muy especialmente si deseaba darme a conocer, impulsar mi incipiente carrera. ("Siempre, tenlo presente —recuerdo las palabras de mi jefe en la agencia de publicidad—, vale mucho más que reconozcan tu rostro, con tu nombre anexo, por supuesto, a que hayan leído algo tuyo"; cosa que por cierto él cumplía al pie de la letra, pues de mis cuentos que al descuido dejaba sobre su mesa, nunca pasó del título). Pero ella, se sabe, detestaba los actos públicos, y no falta quien afirme que se trataba de una suerte de fobia al saludo y la consecuente forzada sonrisa, ¿una fobia controlada?, solamente así, porque de otro modo jamás nadie la habría conocido. Por eso me voy más bien por la idea del cansancio, por esa suerte de hastío que terminan por producirle a ciertas sensibilidades tanto convite y exposición, y nadie mejor que yo podría hoy dar fe de ello.

Es cierto que la historia del arte del siglo XX cuenta con varios nombres célebres que apenas se dejaron ver para conceder unas escasas entrevistas y menos fotografías. Eran otros tiempos. Ahora esa necesidad de aislamiento ni siquiera se nota. Es mi caso. Vivo en las afueras de una pequeña ciudad desde hace casi una década, y cuando no estoy rodeado de libros o ante alguna pantalla, me dedico a mis trinitarias, buganvilias de todos los tipos y colores. Claro que "dedicar" es un verbo demasiado ampuloso tratándose de esta planta: busco ese ejemplar que aún no poseo, lo siembro siguiendo mi instinto de empírico jardinero y nada más; el resto es podar anualmente, contemplar su crecimiento y después el esplendor. El sol, en lugar de marchitarlas, pareciera fortalecerlas, aunque un poco de lluvia siempre es necesaria.

Dos o tres salidas al año son suficientes. Llego siempre tarde (mi ingenuo truco para saludar al menor número de personas posibles), me siento o me paro ante un micrófono, improviso unas cuantas frases o leo un largo discurso, respondo algunas preguntas si es preciso, y enseguida abandono el lugar, excusándome, claro está. El resto de la "promoción" sale sola (es decir: se multiplica en la red), la hago en pantalones cortos y descalzo, añadiendo información en mi *site* por lo menos semanalmente y respondiendo una muy bien seleccionada correspondencia virtual. A veces, solo por exigencia de mis editores y sin abandonar mis shorts, me toca ponerme una elegante camisa o incluso algún saco. Muy bien arreglado de cintura para arriba, me ubico frente a la cámara y me enfrasco en disertaciones o discusiones que casi siempre me aburren y que pocas veces llegan a aportarme algo realmente nuevo e interesante. Lo hago con más frecuencia de lo que deseara, todo para evitar esos insoportables viajes llenos de insólitas agendas. Eso no quiere decir que tenga aversión a los viajes, al contrario, los cambios de paisaje son para mí una verdadera necesidad, pero me gustan en la más absoluta libertad, fuera de cualquier compromiso. A veces los hago con mis hijos y sus familias, entregado por completo al disfrute de esas pequeñas cosas que constituyen lo que creo es la verdadera vida, la ajena. Pero esto no se trata de mí; lo que quiero decir es que ella nunca atendió a estas muy nuevas posibilidades en el tiempo que le correspondió, y quizás hasta le disgustaban.

Otros rumores desmienten por completo el supuesto encierro, rumores que me obligarían a concluir que a lo mejor en aquella época me la tropecé unas cuantas veces más. Dicen, por ejemplo, y de esto puedo dar fe, que no faltaba a ningún velorio de los escritores que había conocido, tal vez porque en tales ocasiones no se veía obligada a sonreír o, simplemente, porque estas despedidas van aliviando de alguna forma la idea de la nuestra definitiva. También he llegado a escuchar que cultivaba varias personalidades, o más bien cambios de apariencia, que un día podía aparecer con un serio taller algo ajado propio de funcionaria en declive, otros con un simple vaquero y franela, y al siguiente con una holgada batola hippy. Esta hipótesis de los disfraces llega más lejos aún: hay quien afirma que solía variar el color de su cabello y por supuesto el peinado, aunque podría haber sido una coleccionista de pelucas. Esto último no me consta y, en todo caso, me costaría mucho creerlo: demasiada ingenuidad (tratándose de ella) y demasiado esfuerzo para alguien que desea pasar inadvertido, pues seguro que muchos no habrían dejado de reconocerla. Sin embargo, la suposición resulta atractiva y se justifica, al fin y al cabo el disfraz siempre protege, y si de algo estoy seguro es de que esa mujer pasó la vida intentando protegerse.

Pero si por aquel entonces fueron más nuestras coincidencias, eso carece de importancia. Para el caso, ni siquiera son muy útiles esas dos veces que recuerdo con precisión, donde no hubo más que un ligero apretón de manos el día que me la presentaron y un gesto de cabeza a cierta distancia en la segunda ocasión, el que presumo fue respondido de igual manera. De ambas guardo los grandes ojos tristes y la boca voluptuosamente cándida que le daban cierto aire de adolescente perdida, a pesar de los muchos años que ya cargaba a cuestas. Me resultaba tan atrayente, y la verdad era yo tan atrevido, que en algún momento llegué a lamentar haber perdido tales oportunidades, no haber tratado de entablar al menos una breve conversación con ella, yo, especialista en darme a conocer, envidiado incluso por mi afortunada capacidad de autopromoción. Me acuerdo que comenté esta falta o descuido después de varias cervezas en algún lugar de moda. Y por supuesto no faltó quien respondiera con sorna poco disimulada que de nada me hubiera servido, que nadie la había oído jamás pronunciar más de dos frases seguidas. Proverbial parquedad que otro atribuyó a una temprana operación de las cuerdas vocales con graves secuelas:

¿dolor al intentar articular palabra?, ¿una voz ronca y desagradable que se esmeraba en ocultar? Más bien se trata de una suerte de "diente roto" o Mr. Chance, fue el socarrón comentario de alguien que logró finalizar el tema en medio de carcajadas. De ser así, más generoso yo, preferí suponer entonces una timidez enfermiza que no podía ni quería superar.

Porque si de timidez hablábamos, también en eso me consideraba ducho. No precisamente por mi carácter, sino por aquel trabajo que me tocó luego de mis pininos en la prestigiosa agencia de publicidad, y el cual trataba de mantener oculto con mediano éxito. Fueron sin duda años duros: empeñado en convertirme en lo que hoy soy y coach de mí mismo desde que tengo uso de razón, encontré la manera de sobrevivir prestando mi sabiduría a los demás. "Servicios de coach para retraídos e indecisos" fue el título del aviso que puse a circular en todas las redes sociales conocidas y demás sitios posibles de internet. A pesar del atractivo gráfico del anuncio y aún más de la propuesta, a lo largo de casi tres años no encontré demasiados indecisos que quisieran dejar de serlo, los suficientes sin embargo para responder a mis escasos gastos y para llegar a conocer los enrevesados intríngulis del alma y el razonamiento de esos seres que bien pueden ser percibidos como grandes soberbios o, sino, como un tanto lunáticos. Aburrido ya de tanto discapacitado de espíritu y supuestamente agotados los quinientos ejemplares de mi primer relato de largo aliento (es decir, la requerida novela después de un breve libro de cuentos), propuse a la editorial su inmediata reimpresión con una nueva y más llamativa portada, atravesada por una faja que mencionara la "Segunda edición del gran éxito del año". Fueron varias las reuniones y muchas más las llamadas telefónicas, hasta que terminé por convencerlos. De algo habría de servirme mi experiencia de publicista. Y por lo mismo, el día que *Llamada de sos* volvió a salir de imprenta, me deshice del anuncio de coach para siempre, es decir, quemé naves.

Otra vez estoy hablando de mí. Uno lo hace sin darse cuenta. A todos nos pasa en mayor o menor medida, así que no pediré disculpas y vuelvo a ella. Ya había pasado mucho tiempo de los famosos dos encuentros mencionados, cuando una mañana de domingo la vi a través de los cristales de la librería donde me encontraba firmando ejemplares de la tan cacareada nueva edición. Entraba en una de esas tiendas de ramo impreciso en que igual compras un cepillo de dientes que un costoso regalo. Seguramente estaba al borde de una grave depresión: a pesar de haberme dedicado durante las últimas semanas a saturar todos los medios con la noticia de mi reedición, llevaba más de dos horas sentado en un improvisado escritorio soportando la cáustica mirada de una empleada de la editorial que iba de mi rostro a la ruma de libros con mi nombre, de la ruma de libros con mi nombre a mi recién comprado bolígrafo de tinta dorada, de mi recién comprado bolígrafo de tinta dorada al muchacho de la librería, quien me observaba con idéntica desconsideración. Y es que podía contar con los dedos de una mano las veces que había llegado a estampar mi firma durante ese tiempo infinito. Así que más que un impulso fue una necesidad. Me levanté con un ejemplar en la mano, dije que ya volvía y crucé la galería del centro comercial.

Al poco tiempo abandoné el oscuro anexo de una casa, mi nido de joven escritor, para establecerme en un amplio apartamento desde donde se divisaba, allá, en el valle, el mundanal ruido que nunca más iba a corresponderme. Obligatoriamente mi personalidad cambió: opté por convertirme en un hombre... digamos más profundo, de menos palabras y ninguna verdadera amistad. Comencé a alimentar cierta fama de huraño que ha proporcionado numerosas y extravagantes especulaciones por parte de críticos y biógrafos. De huraño, no de ermitaño, porque si bien negaba a todo el mundo los datos de mi residencia y jamás, por supuesto, llegué a invitar a nadie a mi casa, continué dejándome ver en cuanta celebración importante se diera en la ciudad. Porque aún me hacían falta la mirada vigilante (y, ¿por qué no?, suspicaz) de mis colegas y la sonrisa obsecuente de las jovencitas que sueñan con el novio prestigioso. Porque era demasiado pronto para darme el lujo de un premeditado retiro.

Ella nada preguntaba, ni siquiera reclamaba mis eventuales desapariciones nocturnas (a veces es necesario responder a las "sonrisas obsecuentes", por múltiples razones ¿no?). Dirán que estaba yo viviendo la relación soñada por cualquier hombre, pero se equivocan, tal grado de ¿condescendencia? puede terminar por desorientarlo a uno y, lo peor, por reprimirnos. Era tan infinitamente compresiva y tierna hacia mí, que de no ser por aquellos arrebatos de fiereza sexual hubiera terminado por asumir el papel de un hijo en lugar de un marido. Arrebatos cada vez menos frecuentes, eso sí, y casi siempre con demasiada ropa encima para mi gusto; cosa que también llegó a perturbarme hasta que lo asumí como una particular manera de manejar su erotismo. Pero luego, cuando comenzó a preferir las noches o los lugares oscuros de la casa, comprendí que se trataba de ese temor, ¿o frustración?, tan común en las mujeres mayores cuya juventud fue un resplandor de belleza, belleza que poco a poco van viendo languidecer frente a los espejos. No me atrevo a asegurarlo, pero creo que jamás la llegué a ver completamente desnuda.

Sí, su tolerancia no tenía límites, excepto para lo que más nos importaba a ambos: convertirme en un buen escritor.

Para decir la verdad, nuestros inicios no resultaron nada fáciles, pero yo soy un hombre consistente. Con el mismo estoicismo que soporté su nada disimulada e irónica sonrisa cuando leyó el título de mi novela al entregársela obsequioso en la tienda del centro comercial, resistí el resto de sus burlas y comentarios mordaces no solo con respecto a todo lo que había escrito antes de conocerla, sino incluso durante aquellos primeros tiempos de vida en común, cuando pasaba horas, días, revisando cada párrafo con la única esperanza de obtener su visto bueno. Nunca lo conseguí. A cambio, un día en que tal vez había perdido toda esperanza conmigo, me propuso un extraño pacto. Puso entre mis manos un manuscrito y me pidió que lo leyera.

Recuerdo como si fuera hoy la impresión que me causó. Ubicada unos treinta años antes, en una ciudad nocturna que yo apenas podía reconocer, la historia de un grupo de muchachos empeñados en convertir la literatura en vida o, más bien, en vivir como personajes literarios, me atrapó de inmediato. Una suerte de novela coral cuya estructura pasaba con destreza de la más convencional linealidad a osadas alteraciones de tiempo y espacio llenas de lógica y sentido. Su lenguaje no era menos admirable: las varias voces poseían características absolutamente distinguibles y aun opuestas, como si el relato hubiera sido obra de una múltiple autoría.

Al terminarla me moría de la envidia (¿dónde leí o escuché que el verdadero alimento del escritor es la envidia?); no obstante, temía expresar mi opinión. Podía tratarse de un ejemplo de lo que no se debía hacer. Ciertamente me faltaba mucho por conocer de la literatura nacional, pero por qué no me la había entregado ya publicada en lugar de obligarme a leer aquellas páginas sueltas tamaño oficio y ya un tanto amarillentas. Lo más lógico entonces era pensar en uno de esos tantos manuscritos que llegan a nuestras manos por muy variadas razones y los cuales, de no deshacernos de ellos, a lo largo de los años pueden tomar buena parte de una casa. En fin, que si esa novela no estaba aún convertida en libro, seguramente había sufrido el rechazo de los supuestos avezados lectores de quién sabe cuántas editoriales; y al confesarle lo mucho que me había gustado, no solo resultaría a sus ojos un mal escritor, sino un pésimo lector. Como ven, aquella mujer me cohibía en muchos sentidos, a lo mejor por eso, en un arrebato de orgullo, decidí correr el riesgo y ser sincero:

—Me gusta.

—¿Y?

—Me gusta mucho.

—Mejor… Si quieres, te la regalo.

(¿Arrebato de orgullo, dije?)

Salí dando un portazo y regresé a los tres días. Como si nada, me serví un whisky y me senté frente a ella.

—Tendré que hacerle algunos arreglos para que parezca mía, ya sabes…

De allí en adelante, y hasta que años más tarde me fui con Julia, en eso consistió mi tarea: adaptador de un "negro".

Nunca supe si eran narraciones antiguas o recientes, hechas especialmente pensando en mí, pues algunos cuentos ni siquiera llegué a retocarlos. Lo cierto es que día a día más sentía mío su estilo, y al pasar del tiempo las transcripciones (porque nunca dejé de transcribir: una manera de obligarme a interiorizar forma y fondo, digo yo) fueron resultando más fáciles, menos arduas, como si pudiera adivinar lo que venía en la próxima línea. Ella era feliz, su escritura y su vida toda estaba siendo recogida en mis libros y mis libros, además de venderse cada vez más (lo más importante para mí), contaban con la mejor opinión por parte de los críticos (lo más importante para ella, creo).

Por supuesto que dudé cuando me descubrí enamorado de mi correctora, joven y culta, alegre y sagaz. La noche que volví a casa después del programa de televisión en vivo con Julia, en ese momento recién ascendida a editor jefe, ya ella había decidido por mí. Lucía más cansada que nunca, y nunca yo había notado tanta arruga y piel marchita. Ahora sí no puedo, me dijo.

La vida con Julia tampoco fue fácil. Nada tenía ya que adaptar y volví a mi propio talento e inspiración para su decepción de impecable lectora. Julia publicó aquel libro que me había costado cuatro años de arduo trabajo casi obligada por el director de la editorial. Y claro que se vendió, el gerente comercial no podía estar más satisfecho, pero apenas dos reseñas bastaron para catapultarlo al saco del olvido. Le dije que quería dedicarme a ella y a los morochos, que necesitaba un "reposo del guerrero", una pausa en mi brillante carrera, pausa que duró lo que duró nuestro demasiado largo matrimonio y algo más. Harta de mantener a un vago, eso me gritó, Julia se fue con otro escritor a Europa y se llevó a los niños, para entonces adolescentes. Con lo que me tocó en la separación de bienes (lo que le robé, según ella), compré esta pequeña casa ahora rodeada de trinitarias.

Tiempo después, cuando todavía me preguntaba que haría con mi vida, un brevísimo obituario me enteró de su muerte: "… autora de un único libro, para algunos de culto, falleció en circunstancias poco precisas…"; días más tarde recibí un gran paquete con remitente desconocido. De nuevo empecé a transcribir hasta el día de hoy, en que sí, definitivamente, he hecho pública mi decisión de retirarme.

Las buganvilias, les decía, no necesitan mayor atención; son fuertes, resistentes, con troncos y ramas espinosos. En los climas tropicales las vemos con mucha frecuencia; no obstante, la gente suele engañarse con sus flores. Blancas y diminutas, apenas percibidas, ellas se ocultan entre hojas modificadas que muestran gran variedad de colores. Por eso muchos creen que esas hojas son la flor.

La rosa de Sofía

Para Lyda Zacklin

Despertó con la música de los cascabeles como cada día dedicado a las estrellas guías: hoy, para ella, exactamente el número dieciséis. Si no movía los párpados podría volver a vivir la primera vez que escuchó el dulce sonido. Es la niña pequeña y asombrada que busca en los brazos de madre alguna explicación: "Jaya y Seite, las dos grandes estrellas, nacen de nuevo para dicha nuestra, atiende a lo que dicen porque nadie más que tú puede comprender el mensaje que te dedica su música".

Fue lento el aprendizaje; ahora, ya mujer, se siente capaz de dilucidar completo el enigma que la aguda melodía guarda para ella. Eso le proporciona una dicha única, incomparable.

Se estira y abre los ojos en busca de los suyos. Los hermanos han salido, pero allí está madre, atenta a su despertar: vestida de blanco y sonriente, sostiene entre sus manos el también níveo traje que la hija debe llevar este día.

Sofía se esfuerza por sostener la visión, segura sin embargo de que huirá como siempre para volver quién sabe cuándo, a veces en apenas minutos, otras en meses, años. Mira ansiosa su reloj y al levantar la vista se encuentra con la generosa sonrisa de la recepcionista y su gesto de que ya falta muy poco. La muchacha le ofrece unas revistas que ella rechaza algo ofuscada. Quince minutos después, a punto de quejarse, ve salir por fin a la paciente anterior y escucha su apellido de casada seguido de un "el doctor la espera, puede pasar".

La frialdad del médico contrasta con la simpatía y calidez de la recepcionista y de la pasante que la ha ayudado a quitarse la ropa, a extenderse sobre la camilla y, terminado el examen, volver a vestirse. Ahora, sentada frente al hombre que dictará sentencia, escruta anhelante el rostro dedicado a revisar los informes de otros varios exámenes que le ha entregado.

El verde de la espesa floresta de la aldea luce más intenso con la claridad de los trajes. Todo es movimiento y excitación. Cada uno en su labor, únicamente los ancianos parecen reposar, pese a permanecer atentos a cada detalle de los preparativos, controlando el fiel cumplimiento de los muchos pasos de un ritual que alcanzará su esplendor en el ocaso, como si se tratara del lento expandir de las flores de un día. A los jóvenes les corresponde el ornamento de los niños y el repique de los cascabeles. Muchachos y muchachas se van turnando en ambas tareas. Cuando a ella le toca ajustarse las pulseras sonoras ya han pasado por sus manos varias niñas a quienes ha estampado delicados ramilletes en el rostro y en los brazos, tal como hizo con ella su madre antes de abandonar el pabellón familiar.

Tres veces ha formado parte de la ronda musical, por eso es capaz de seguir el ritmo con los ojos cerrados y alcanzar el éxtasis antes que los noveles. Cualquiera diría que nació para esto: hasta los más viejos admiran la gracia de su cuerpo ondulante y la exacta pulsación de sus muñecas.

Un leve roce sobre el hombro izquierdo le indica que es momento de detenerse. Cae entonces de rodillas en la tierra, la besa y procede a desprenderse de las ajorcas de cascabeles para entregarlas al sustituto que espera tras ella. Es entonces cuando los dos pares de ojos se despliegan deslumbrados como si nunca antes hubieran coincidido, los dos pares de labios se distienden hasta que los dientes asoman iluminando aún más ambas caras adolescentes.

— *... Así que por los momentos puede tranquilizarse, pero debe ser estricta con el tratamiento.*

— *Perdón...*

— *¿Perdón qué?*

— *Disculpe, doctor, estaba distraída. Me decía que...*

— *Que yo estaba temiendo algo más grave. Igualmente debemos continuar con los medicamentos anteriores más otros que aquí le mando. Si tiene alguna duda puede preguntarle a mi asistente* — *dijo señalando a la pasante.*

— *Doctor...*

— *No se preocupe... no se preocupe demasiado. Pronto se sentirá mejor. Nos vemos en veinte días. Buenas tardes* — *agregó mientras se levantaba apurando la despedida.*

En efecto, fue la joven recién graduada quien se sentó con ella en la pequeña antesala para responder con gran calma y casi sospechosa ternura a sus numerosas preguntas y dudas. No obstante, se podría decir que la confusión no la abandonó del todo al salir del hospital, no precisamente por el nuevo y, sí, esperanzador diagnóstico, más bien por el inesperado eslabón de aquel particular ensueño que la había acompañado inalterable desde hacía muchos años y que hoy asomaba continuidad.

Camino a casa recordó las compras y los varios detalles que aún faltaban para la celebración de esa noche, una bue-

na oportunidad por cierto para contar a la familia las rudas
y sin embargo alentadoras palabras del médico, así como las
explicaciones de la muchacha, que, decidió en ese momento,
también pondría en boca del doctor.

El tiempo corría veloz, por eso buscó las frutas y velas lo
más rápido posible, pero ya a punto de llegar a la caja reparó
en la sección de flores. Fue un impulso, sin duda: escogió las
tres rosas más hermosas y las hizo preparar de manera muy
especial. Ya no importaba la hora, iba a deshacer el camino.
Dejó la blanca en el carro, y con las otras cruzó de nuevo la
puerta del hospital rumbo al consultorio para entregarlas a las
dos jóvenes que habían procurado hacer su día menos angus-
tioso.

Aunque faltó el mayor de los hijos, al pavo le sobraron
minutos de cocción y los postres no resultaron tan exitosos
como en otras oportunidades, hacía mucho que no disfrutaba
tanto de un Thanksgiving Day, pensó justo antes de acostarse
al lado del marido, sentada ya en la cama y con el brazo exten-
dido para apagar la luz. Así quedó varios segundos, hipnoti-
zada ante la rosa blanca en el pequeño florero sobre la cómoda,
completamente abierta, esplendorosa. Como de costumbre,
temió el insomnio. Esta vez se equivocaba: el sueño la venció
de inmediato.

Apenas el sol alcanza en su descenso el punto más
alto del árbol venerado, comienzan a brotar del verde
los hombres con enormes cestas repletas de flores que
esparcen alrededor del círculo musical. Entre risas y gritos, todos y cada uno toma la flor que más le agrada para
ofrecerla enseguida a la persona que ocupa su corazón.
La danzarina más destacada, la que ha sido capaz de
extraer el mejor sonido de los cascabeles, vislumbra a la
madre, siempre escogida hasta ahora por ella, y esquiva
su mirada. En medio de la algarabía ambos se buscan
ansiosos hasta que sus ojos vuelven a encontrarse mien-

tras las manos extienden el presente: ella, la flor blanca de los manantiales; él, la púrpura de las cuevas secretas.

El pequeño espasmo no deja de sobresaltar al hombre y el "¿qué pasa?" queda sin respuesta. Quizás Sofía no lo ha oído, pero él se tranquiliza cuando ella susurra "esa rosa es para ti" y se amarra a su espalda para continuar durmiendo, tal como solo solía hacerlo de joven, cuando era muy joven, muy joven y sana.

La calígrafa

Para Alejandro Salas, en memoria

El paisaje me resulta conocido, lo he visto en otras ocasiones: mustio, solitario, infinito; sin embargo es ésta la primera vez que atisbo unas altas murallas que prolongan hacia el cielo el ocre de la vasta extensión de arena. Me pregunto cuán lejos estarán realmente, cuántas horas de caminata me faltan todavía para llegar a la ciudad que seguro se esconde tras los muros flotantes y borrosos de tanta luz; luego, cuánto tardaré en encontrar una puerta, un resquicio que me permita introducirme en ella y averiguar la historia que este sueño me tiene deparada.

Ya transito por una calle principal y puedo confundirme con las gentes del sitio en medio del bullicio cotidiano. No tengo noción del tiempo que llevo caminando, solo sé que el cansancio se impone a cualquier intención de cálculo. Por los momentos mi única tarea es encontrar algún sitio donde descansar resguardado de presuntos ladrones y asesinos.

Tampoco sé la duración de mi reposo en esta suerte de nicho en que no me ha despertado la línea de luz que hiende la oscuridad a través del estrecho hueco entre dos enormes piedras por donde apenas cabe mi figura esmirriada, sino el mal olor que acabo de percibir y que me obliga a abandonar aceleradamente el escondite. Salgo, me abate la claridad del día que se acrecienta reflejada en el color amarillento de las construcciones y de las calles. Primero que nada necesito ubicar algún abrevadero de los tantos que deben existir aquí, para dedicarme después a buscar el lugar adecuado en que ofreceré mis servicios. ¿Cuáles servicios?, me pregunto aun después de lavarme y haber bebido hasta más allá de la saciedad un agua dulce y turbia de la que igual se sirven hombres y camellos. Contento, descubro de pronto que soy papelero, ése fue mi último oficio, ¿en mi último sueño? "Alquimista del papiro", según el versado egipcio que no solo me enseñó los secretos de la fibra, sino también el tratamiento oleaginoso de cortezas y folios vegetales.

La pesquisa no es fácil, pero al final del día doy con el lugar, y antes de empezar a subir los empinados y angostos escalones de adobe comienzan a invadirme aromas familiares, definitivamente amados, olor de papeles y de hollín convertido en tinta.

* * *

A ella la veo apenas terminar mi ascenso: su espalda inclinada sobre una extensión cerúlea que inmediatamente reconozco. Tan concentrada está que no advierte mi llegada, por eso tengo tiempo suficiente para contemplar la detenida caligrafía que compone mientras intenta una y otra vez echar hacia atrás el largo y ensortijado cabello que poco caso parece hacer al gesto repetido de sus manos entintadas, demasiado entintadas para tener verdadera destreza en el oficio. No comprendo por qué no llega a perturbarme la imagen: una figura femenina abstraída por completo en una labor ajena a su sexo; por qué de un instante para otro la acepto con absoluta naturalidad, tanto así que mis palabras de saludo son (justo en el momento en que voltea su rostro oscuro y redondo como la más espléndida luna en eclipse) "deberías recogerlo". Tampoco Tilde (así se llama, lo sé sin que me lo diga) parece sorprendida por mi presencia, a la que recibe con una perfecta sonrisa que achica las almendras de sus ojos.

—Recogerlo... —repito con un torpe y confuso ademán hacia mi cabeza casi calva, presintiendo una posible incomunicación que amenaza ya con herirme el alma; falso temor, ella entiende mi lengua, porque enseguida puedo oír el sonido cantarino de su voz.

—Sí, eso estaba pensando. No sé por qué no se había ocurrido antes. Es que apenas me inicio en el copiado —dice señalando un pequeño y gastado rollo medio abierto, sin duda el original—, me falta práctica. Hasta hace poco solo me dedicaba a revisar.

No he terminado aún de preguntar si hay alguien más, alguien de autoridad a quien referir el cometido de mi visita, cuando hace su aparición un hombre gordo de apremiante y curiosa gestualidad. Ella se entera junto con él de lo que me ha traído hasta este sitio, y si antes no me extrañó el verla entregada a un trabajo que no debería corresponderle, ahora no puede dejar de intimidarme el hecho de que participe, aunque sea en el más completo silencio, de la conversación; de que no haga ni el menor intento por abandonar la estancia.

—Jamás he buscado ayudantes, pero si estás aquí es por algo. No creo en los dioses, aunque sí en los sinos. Desde hace algún tiempo los años me están pesando demasiado. Tal vez pueda encargarte de buena parte del trabajo, si es que en verdad lo conoces... si es que no exiges más que un sitio donde dormir y comer.

(... y donde siempre pueda verla —completó mi pensamiento.)

* * *

Creo creer que por fin he encontrado mi espacio y tiempo, que nunca más volveré a vagar por difusos paisajes desolados, que en este rincón del universo (o de mi psique), al lado de Tilde y de mis papeles, se encuentra mi destino de hombre obcecado en azarosas visiones nocturnas. Por eso debe ser que no despierto.

Tengo la sensación de que han pasado varias estaciones desde el día en que crucé las murallas de la ciudad y ya es hora de que me detenga a meditar sobre la muy singular relación de estos dos seres que se han convertido en mis compañeros de vida y cómplices de labor. El obeso patrón, tan buen inventor de historias como perito admirable en los oficios del papel y la escritura, la guía y le enseña de manera firme y serena, aunque en ocasiones con extremado cariño. A veces lo he visto aproximarse a su oído semejando más un enamorado que el instructor perfeccionista y ducho; lo he visto conducir su mano para adiestrarla en el trazo perfecto (más, menos presión, imagino le susurra) como se tomaría la de una mujer idolatrada a quien suplicamos una única y dulce caricia, imaginando posiblemente que el papiro donde ella desliza con extremada deli-

cadeza la delgada y hueca caña es su rostro deforme
de grasas y de años. La joven sin duda lo admira, y
tal vez, de alguna manera, hasta lo idolatre. Lo sospecho por sus contemplativas, lánguidas miradas en los
momentos en que él, ensimismado en el desarrollo y
composición de las narraciones que le dicta, no puede
percibirlas; cuando se detiene a observar su desmañado
y lerdo caminar mientras se aleja; cuando distraído en
su trabajo de guía y tutor, muy cercano al cuerpo intensamente moreno de la mujer casi niña, ella eleva el filo
de sus ojos para hurgar devotamente en los del hombre
sobre el papel. El placer con que él pronuncia su nombre: Tilde, es tan grande como el mío; sin embargo nunca he conseguido que mis labios, mis cuerdas vocales,
el soplo que sale de entre mis dientes y lengua alcancen
la infinita ternura de su voz abultada y jadeante articu-
lando las dos sílabas preciosas.

* * *

Últimamente, debo reconocerlo, algo ha comenzado a
inquietarme. Con frecuencia, en medio de mis sueños
en el sueño, he creído percibir jadeos felices y profundos
desde el piso de abajo vedado para mí, estertores de
placer que se desvanecen por completo cuando al fin
abro los ojos para encontrarme con la oscuridad y el
insondable silencio del taller. Un silencio que soy yo
el primero en romper, incluso antes de que la claridad,
poco a poco, lentamente, comience a invadirnos a través
de los tragaluces y ventanas.

Como si no soportara la quietud que me rodea y,
sobre todo, sus ausencias, redoblo con todo propósito
los ruidos de mi diario trajinar hasta que alguno de ellos

aparece; de la misma manera que durante la jornada, apenas sospecho un gesto de cansancio en ella, lo que implicaría su retirada hacia otros lugares de la casa, me aproximo para hablarle y hablarle sin parar refiriendo alguno de mis desordenados y múltiples relatos (medio inventados, medio verídicos) de onírico aventurero o de iniciado en un arte que defino como transformador de basta materia en refinada civilización. No pocas veces he obtenido entonces una severa y condenatoria mirada del gordo, a la que no puedo más que responder con el término abrupto de mi charla.

Ella lo llama padre, pero yo sé que no es su padre, la naturaleza no puede ser tan caprichosa. Yo lo llamo señor o maestro porque es ambas cosas para mí. Gracias a él recibo mi sostén y afino mi saber y mi espíritu. Sé que a pesar de todo, es decir, a pesar de ella, ambos simpatizamos, de no ser así jamás me afanaría tanto en un trabajo que solo a él da prestigio; de no ser así, él nunca hubiera decidido enseñarme otra posibilidad de brindar soporte, más que a su destreza de narrador, a la de escribiente, ésa que se esfuerza en trasmitirle a Tilde. Tenazmente dedica un rato de cada día a instruirme en el tratamiento de ciertas pieles de animales, y aunque por los momentos no tiene (no tenemos) ni el material apropiado, ni los instrumentos, ni el espacio, de acuerdo con todo cuanto hasta ahora me ha dicho ya casi me creo capaz de obtener un buen y duradero pergamino.

Nadie dudaría que se trata de un hombre sabio, sin embargo todo el conocimiento que posee parece pequeño ante su gran imaginación, de donde surgen hechos y seres que excitan la mía cuando puedo alcanzar a discernir los sonidos de su voz ronca para sumergirme en la atmósfera de extraordinarias composiciones que Tilde se esmera en trasladar al papel. Por eso no dejo que la envidia de su intensa relación con ella me domine, y más bien le doy gracias al cielo (tampoco yo creo en los dioses, aunque respete igualmente los designios del destino) por haberme otorgado finalmente esta plenitud tan próxima a la felicidad: puedo hacer libremente lo que más me gusta, aprendo y disfruto de todo cuanto este hombre sabe y tengo cerca al oscuro objeto de mi amor y mi deseo. ¿Qué más podría anhelar un errabundo desamparado en medio de sus sueños?

* * *

Lamentablemente, ninguna dicha es eterna, ni aun en la inasible zona donde los sueños transitan. Esta rutinaria, apacible vida, que solo mi ansia del cuerpo moreno de Tilde logra a veces perturbar, ha sido alterada por algo que nos supera, en especial, creo, a nosotros tres, seres entregados por completo a arduos y meticulosos quehaceres que consideramos imprescindibles para el esplendor eterno de la ciudad y de todos los hombres, seres que hemos optado conscientemente por repudiar ciertas cosas que ocupan la vida de otros muchos, cosas como el valor (o la cobardía) de arrebatar objetos y vidas ajenas.

Aquí llegó la guerra.

No sabemos con exactitud quién es el enemigo, pero desde hace algunas semanas convivimos con constantes saqueos, incendios y muerte; ya de nada valen nuestros esfuerzos por ignorarlos. La gente no camina por las calles, en su lugar, correr, esconderse y morir son los actos cotidianos más frecuentes, por eso cada vez salimos menos, solo lo imprescindible, y yo, particularmente, me ofrezco para realizar cualquier diligencia externa que a Tilde pueda corresponder, lo que nuestro jefe acepta sin disimular su agradecimiento.

Él, ella y yo esperábamos este desenlace desde hace días, pero nada habíamos comentado al respecto: también el silencio, junto con el miedo, se ha ido apoderando poco a poco de nosotros. Y así, sin palabras que nos informen sobre lo que cada uno piensa, sabemos perfectamente cuál será el próximo movimiento. Como ellos, estoy preparado: he seleccionado con extremada calma lo indispensable, mejor dicho, lo que estimo no debe perderse, materiales e instrumentos que me creo en la obligación de cuidar y resguardar, considerando no obstante el peso exacto que mis hombros puedan resistir en la fuga. Al maestro en cambio no puede tocarle ninguna carga, apenas será capaz de soportar su enorme humanidad en apresurado y sigiloso movimiento. Consciente de ello, sin duda, y deseoso de contribuir con algo realmente útil, se dedica a dibujar una y otra vez enrevesados planos en busca, supongo, del camino más rápido y seguro hacia alguna salida de la ciudad, tal vez muy poco conocida, tal vez secreta. Ella, por su parte, ha ocupado este último tiempo en revisar todos los escritos acumulados en el taller, para después de una primera y propia selección realizar la definitiva de acuerdo con el juicio del maestro. Sobre el gran mesón en que Tilde acostumbra a trabajar se ven ahora varios rollos no demasiado grandes envueltos en forros de piel y numerosos papeles que con delicadeza ha ido colocando uno sobre otro. En este preciso momento los convierte en una suerte de gran rollo, los ata con una larga cinta bermeja que lleva de uno a otro extremo del cilindro creando una bandolera que cargará orgullosa.

—Nos iremos apenas anochezca —dice el gordo

levantando la vista del complicado dibujo para buscar la mirada aprobadora de Tilde y luego la mía—. Acérquense, quiero explicárselos bien, que no olviden ningún detalle.

Con los ojos fijos en el croquis y los oídos atentos a cada una de sus palabras, aquel laberinto de tinta se me ha convertido de pronto en estrechísimas callejuelas y gélidos túneles que recorremos tan aceleradamente como es posible hacerlo en compañía de un hombre viejo y adiposo, cuyas piernas resultan mucho más entumecidas de lo que cualquiera de los tres podíamos sospechar. A veces logro ayudarlo a pesar de sus gestos de rechazo; entonces él aprovecha la proximidad para repetirme en murmullo "... si pudieras protegerla".

Aunque me resulte imposible precisarlas, sé que sorteamos numerosas dificultades antes de la salida del sol, antes de llegar a esta caverna casi enterrada en la arena, contigua al lado exterior de una de las torres que cada cierto tiempo interrumpen la monotonía de las murallas. Estamos fuera de la ciudad, de allí seguramente las lágrimas que iluminan el negro rostro de Tilde. Sabemos que el peligro no ha cesado, tendremos que esperar de nuevo la noche para proseguir la huida.

* * *

Los quejidos del maestro nos mantienen en vilo desde hace varios días. Tendido sobre una manta y reclinada la cabeza en mi gran bolso de cuero, se aferra al rollo que Tilde trajo consigo. Su muerte ya nos resulta inminente y por eso continuar, dejar esta guarida, a pesar de su constante consejo de abandonarlo, ha sido imposible.

El agua, las aceitunas y los dátiles que yo, el más preca-
vido de todos, tuve la sensatez de cargar en abundancia,
comienzan a escasear.

El miedo me sobrecoge, pero más que por el muy
cercano último suspiro, más que por el galopar de camellos a veces tan próximo a la cueva que llega a confundirse con el ruido de nuestros estómagos vacíos, me
atemoriza la posibilidad de despertar, desamparando a
estos dos seres, renunciando a Tilde.

Ahora, más que nunca, me esfuerzo en hacer memoria de mis innumerables años de trashumancias confu-
sas, de otorgarles una coherencia narrativa capaz de dis-
traerlos y de mantenerme aquí, en este sueño, al lado del
hombre a punto de morir y de la mujer más deseada. Mis
divertidos y díscolos relatos han adquirido tanta soltura
y precisión de detalles que por momentos llegan a pro-
ducir brillos de admiración en los ojos del agonizante;
otras, hasta consigo una breve pero sonora risa de Tilde.

Ella, para mi sorpresa, ha lamentado varias veces
la escasa luz, si no —afirma— intentaría transcribirlos,
pero él, con voz cada vez más débil y oscura, la consuela
alegando el mucho tiempo que aún tiene por delante.
Aunque con toda intención eluda el plural para evitar
inmiscuirme en ese futuro sin él (un futuro, por cierto,
demasiado dudoso en medio del caos que nos amenaza), y a pesar de que mis historias sean muy diferentes a
las suyas, a ésas siempre llenas de prodigios y de seres
imposibles, yo me veo tomando su lugar, dictando mis
aventuras a Tilde para hacerlas perdurar sobre el papel;
me convertiré entonces en su admiración y, probablemente, en la razón única de su existencia.

Pero mis mezquinas cavilaciones han dejado ya de
tener cualquier sentido desde que el buen juicio me llevó a apartarme en este rincón, donde incluso he logra-

do abstraerme cincelando en la pared arcillosa algunos caracteres sueltos, con toda la intención de regalarles un poco de intimidad. La agonía está a punto de concluir. Sé que a esta distancia es imposible poder oír el postrer y sabio susurro al oído de la devota discípula, pero sin embargo creo atisbarlo, o acaso lo invento:

—Aunque lo amemos, no es de fiar.

* * *

Desesperados por tanto hedor, hambre y sed, hemos optado por la muerte que afuera nos espera sin pensar para nada en nuestra pequeña fortuna, los enseres de artesanos y escribientes, los papeles y escritos que con tanto ahínco quisimos salvar. Al menos —insiste ella— volveremos a sentir el calor del sol, a ver el brillo de las arenas. Pero esa satisfacción vendrá más tarde, pues al salir la intensidad de la luz que tanto ansiábamos y las insospechadas y violentas ráfagas de arena nos obligan a cerrar los ojos fuertemente. Entregados a nuestro destino, sea el que sea, caminamos enceguecidos y asidos de la mano sobre el ardor inestable del polvo dorado.

Cuando por fin somos capaces de volver a abrir los ojos distinguimos unos jinetes a lo lejos. Propongo ir en dirección contraria, pero Tilde se niega. Dice que probablemente se dirijan a la ciudad, que debemos seguirlos.

—No hemos perdido todo. Tal vez la casa siga en pie. Debemos intentar el regreso, él me lo pidió antes de morir.

—¿Te dijo algo más?

Puede contestar que no, pero prefiere callar.

Con artilugios, mentiras y promesas de servir al

nuevo y amenazante régimen gracias a nuestras artes dominadas por tan pocos, hemos conseguido instalarnos otra vez en el saqueado taller. En medio del dolor, rescatamos lo rescatable y restauramos lo restaurable. Iniciamos una vida nueva que a veces se asemeja a la plenitud perdida, sobre todo en las noches, cuando Tilde descansa de su oficio de copista de ingratos documentos oficiales para dedicarse a rememorar sobre el papel las fantásticas historias del maestro siempre presente; mientras, yo la observo en absoluto silencio esperando ansioso el momento en que me pida dictarle las mías.

* * *

—Te deseo.

Le acabo de revelar mi más profundo secreto y compruebo, asombrado, que ella estaba ansiosa de escuchar la escueta declaración.

La candidez de Tilde no logra desconcertarme, pero haber constatado su virginidad me hunde en una suerte de depresión solo explicable por el desenlace presentido. Su amor, su pasión avasallante me enmudece y también me atormenta. Me atormenta no conocer su relación con el viejo, me atormenta no atreverme a preguntar, pero, sobre todo, me atormenta la conciencia de saberme el único, ese único que en un segundo, en un instante puede desaparecer para siempre. Compruebo que la felicidad es para mí un asunto del pasado, cuando el maestro aún vivía. De más está decir que tampoco ella parece feliz.

La llegada de los soldados confirma mis temores.

En verdad no soy yo alguien de fiar, pues ni siquiera soy capaz de protegerla, defenderla, en este interrogatorio sobre el gordo y nuestra conexión con él. Sin oponerme, sin ni siquiera un asomo de protesta, dejo que la maltraten mientras preguntan por unos escritos que decimos desconocer. Quien los comanda grita una y otra vez que allí se encuentra la prueba de nuestros perversos intereses, muy ajenos a los de la recién establecida regencia, opuestos por completo a la nueva sociedad que aspiran instaurar en nombre de unos dioses que yo nunca había oído nombrar.

El taller vuelve a sufrir la furia de una hueste desalmada ante mi mirada atónita y la desesperada de Tilde, hasta que en una grieta ignorada, al menos por mí, hallan el misterioso legado del hombre muerto: cuatro volúmenes de pergamino perfectamente conservados. Yo actúo como lo que soy, apenas una ilusión de la muchacha enamorada, un fantasma creado por sus sueños, o más bien por los míos, cuando la veo arremeter contra los soldados en un necio intento por rescatar el tesoro. Ciertamente estoy asustado, pero más allá del miedo prevalece mi inconsistencia, mi incapacidad para crear compromisos, aquí o allá donde soy otro, otro que se obliga a despertar cuando creo estar por fin comprendiendo algo de aquel profundo vínculo entre discípula y mentor, una complicidad que yo perturbé para nada, para esto, para abandonar a Tilde, a su mirada suplicante y llena de pavor, justo en el momento en que más me necesita.

La vida con Mel

La mujer se asoma a la ventana desde donde hace muchos años solía complacerse contemplando el cerro majestuoso. Trata de imaginarlo tras las ruinosas torres de cientos de apartamentos, imaginarlo como era entonces, porque ahora, así un milagro derribara esos monstruos insalubres, tampoco la montaña sería la misma: sembrada de minúsculos habitáculos de "colores tropicales", calcinados sus escasos espacios desocupados, prefiere en verdad que permanezca oculta para siempre por el enjambre humano que es hoy todo su paisaje.

Quizás por eso, por lo abstraída que se encuentra en tales pensamientos —aunque podría ser más lógico adjudicarlo a un falla auditiva, bastante normal a su edad—, no escucha las primeras notas del aparato, el fragmento de jazz que ha escogido (entre otros tantos sonidos que le avisan de diversos asuntos cotidianos) para las llamadas internacionales. Al percibirlo, se aparta presurosa de la ventana hacia la pantalla más cercana, la de su sitio de trabajo (y distracción). Pero cuando la alcanza, la comunicación se ha cortado y desconoce el loguín del frustrado interlocutor. Si se tratara de la llamada que aguarda habrían insistido.

El resto del día será largo. Mientras no llegue la noticia esperada el tiempo se distenderá en su versión más absurda. ¿Cómo pasarlo? Sonríe entonces recordando un viejo chiste repetido hasta la saciedad por uno de los hombres que más amó: "¿Qué hago?, ¿me voy al cine o me tiro a la bartola? ¡Ah, mejor me tiro a la bartola!: ¡Bartolaaaa!". Un chiste sin vida —se dice—, tan muerto como tú, Agustín, querido, pues quién conoce hoy en día eso de "tirarse a la bartola".

Su mirada se detiene en uno de los libros sobre el escritorio. Le gusta esa novela cuyo título ocupa toda la portada con un verde fosforescente: ¿dónde quedó en esta nueva lectura de *El desamparo*? Hace esfuerzos pero no se acuerda; abre la página marcada y relee: sí, Gil, el protagonista, se ha encontrado finalmente con otro ser humano tan confundido como él; lo que sigue es un largo diálogo que dejará para más tarde, porque por los momentos prefiere su otra vida. Allí es una esbelta y joven mujer de piel oscura, con la exacta voz ronca de una antiquísima actriz mexicana (la escogió en honor a Agustín, pero no el suyo, sino el otro, el Lara). Allí es pareja de Mel, un hombre tan atractivo como ella (parecido a aquel George Clooney ídolo de su adolescencia), de quien sabe ya ha descubierto su infidelidad. ¿Por qué aún ningún reclamo?, ¿será que lo acepta como algo natural? Posiblemente: estos hombres de ahora parecen ser así, tan distintos a los que le tocaron...

Se busca en la máquina, en el perfecto hogar de aquel lado, muy diferente al caótico de aquí, para dedicarse a hurgar en la sección de trajes casuales dentro del gran clóset detenidamente ordenado. Desea lucir lo más bella y seductora posible antes de volverlo a encarar. La verdad, no quiere perderlo, no solo porque lo ama, sino porque es tan difícil conseguir un marido estable en esa vida como puede ser en esta: le debe una explicación. Escoge un vaporoso vestido retro que tiende sobre la cama. ¿Qué peinado se hará esta vez? El largo cabello ensortijado le permite miles de variantes, pero él siempre lo prefiere recogido, como lo llevaba en aquella primera cita, cuando le dijo que su rostro despejado le recordaba a Nefertiti (por eso se bautizó Nefe, allá, en el mundo otro). Sí, debe ser un hombre al menos informado, si hasta se rió cuando le contó el chiste de Agustín, pero él no sabe nada del difunto: allí no ha tenido tiempo aún para ser viuda ni acumular recuerdos.

A estas horas nunca se encuentra en la casa, ¿lo hallará en otra parte? Por un instante temió su ausencia, pero no, él casi siempre está en algún lugar de aquel lado (¿será que no tiene nada más que hacer?), y de allí el reclamo más recurrente de Mel: "¿Dónde te metes? ¡Nunca te encuentro!". Y a ella le parece más bien que le dedica tanto tiempo... tanto, que hasta se ha dado el lujo de serle infiel. Lo ubica fácilmente en el periódico, es el diagramador jefe del diario más leído de la zona. Él atiende su llamada con mal gesto y tono displicente, argumenta mucho trabajo pero al fin cede a su invitación para una cena muy especial, en tres horas estará con ella y, antes de cerrar la comunicación: "Me gusta tu peinado". Ah, también él prendió el visor: buen augurio.

Tres horas, calcula, serán apenas unos treinta minutos: lo justo para comer algo aquí y allá correr al supermercado, preparar algún plato sofisticado y el sorbete de limón que ambos adoran. Luego terminará de arreglarse para la difícil velada.

Mientras engulle la simple ensalada de lechuga y atún, vuelve la melodía de las internacionales. Con la boca llena, llena también de expectativa, atiende ansiosa al rectángulo de luz incrustado frente a la mesa de la cocina. Un rostro demacrado asoma desde miles de kilómetros de distancia:

—Mami, tenía tantas ganas de hablar contigo...

—Lo siento querida, tengo un trabajo muy importante que terminar. Te llamaré en un rato. Besito.

Vera siempre con un problema, y siempre tan inoportuna, piensa mientras desconecta la pantalla para acabar cuanto antes de comer. Pero mientras dura la ensalada no puede apartarla de su mente, aunque no es exactamente ella quien la ocupa, sino más bien la única alegría que ha sido capaz de procurarle: ese ángel que es Manuel. Apareció justo a tiempo, cuando al borde los cincuenta ya la hija había decidido someterse a un inconcebible implante de embrión ajeno. No hay duda, el niño que ha visto crecer a través de las pantallas es lo que aún las mantiene unidas. Agradece que en él se repitieran los rasgos físicos del abuelo, pero eso resulta lo menos importante; lo que la atrapa y enorgullece es haber captado desde el primer momento esa mirada vivaz y curiosa, esa inteligencia y sensibilidad donde encontró por fin su propia continuación.

Minutos después todo está a punto, hasta la champaña en la hielera y, a su lado, las dos finísimas y nuevas copas que le sonrieron en el súper. Preciosa, voluptuosa, envuelta en la gasa suave y transparente del traje, se sienta a leer en uno de los sillones de exquisito diseño mientras lo aguarda, continuando aquí con la aventura de Gil en el orbe despoblado. Casi terminando el capítulo de diez páginas de diálogo extraordinario, leídas no obstante sin desatender la computadora (algo así como una hora de lectura inquieta en el gran salón a la espera de Mel), oye el leve zumbido de su auto al estacionar. De este lado se pone presurosa los guantes y el sofisticado cintillo para servir allá la champaña y aguardarlo de pie, una copa en cada mano.

Al sutil ruido de la puerta principal abriéndose, se sobrepone el sonido del jazz, y sobre la visión de esa puerta que comienza a desplegarse, una pequeña pantallita otra vez con la cara angustiada y ansiosa. ¡Cómo pudo olvidarlo!: aprieta un botón que interrumpe enseguida la posible conversación con la hija y evita cualquier otra. No puede permitirse ninguna interrupción durante un buen rato, ni siquiera si se tratara de la llamada que tanto ansía. Lo que viene es crucial.

—¿Y esto... ? ¿Será que de verdad me amas?

—¿Tengo que decírtelo o prefieres que siga demostrándotelo? —interroga Nefe con afectación de niña arrepentida y sumisa, labios y mirada que se dilatan de puro anhelo mientras le extiende una de las copas.

Él la acepta tras un breve instante de duda, se tiende en el sofá y le sostiene la mirada sin ningún gesto especial, como si en vez de observarla a ella estuviera viendo algo mucho más allá, ¿su alma, quizás? Eso siempre le ha encantado (le gustaban tanto en Agustín): las miradas fijas de los hombres llenos de misterio, cuando por más esfuerzos que hagas no puedes ni aproximarte a su verdad.

Sentada frente al amado, comienza a hablar calculando cada frase. No ha tenido tiempo de practicar su discurso, pero se lo sabe... Alguna vez le tocó otro semejante de este lado, aquella vez sí lo ensayó durante días y el resultado fue bien poco afortunado.

—Yo sé que lo sabes todo. Has guardado silencio y te lo agradezco. Presiento, espero, que lo hayas hecho porque tienes la absoluta certeza de que ese encuentro carece de toda trascendencia. Tal vez no sea necesaria ninguna otra palabra de mi parte, pero...

Lo que sigue es tan largo como lo de aquel día ya no se acuerda cuántas décadas atrás, mucho más fluido ahora sin embargo. Un monólogo extenso y perfectamente articulado, tal como el diálogo de Gil con el único ser humano que hasta ahora, finalizando de la novela, se ha encontrado. Cuando pronuncia la última de sus expresiones lapidarias, muy recurrentes en ella, por cierto (eso dijo algún crítico), levanta la vista para encontrarse con que el hombre ya casi ha vaciado la botella de champaña y continúa mirándola fijamente, embelesado no por su belleza, extraordinaria en esta noche, sino —imagina— por la capacidad única que ella posee para articular un discurso, "para enunciar de forma admirable palabras y frases que convocan imágenes profundas y sublimes" (¿dónde lo leyó?).

La ha escuchado en absoluto silencio y en silencio absoluto continúa observándola sin ni siquiera pestañar mientras sorbe despacio lo que queda en su copa. Nefe rueda entonces del sillón y se le aproxima deslizando su cuerpo sobre la alfombra como una boa domesticada pero hambrienta. Concluido el recorrido, recuesta el rostro entre las piernas del hombre. Él hace rato que claudicó de cualquier posible disgusto, pero ella no lo sabe hasta que siente su mano tratando de alisar los espesos crespos.

Antes y después de la cena, boa y hombre habrán de enroscarse como nunca sobre el tapete tibio.

Dormida allá, rendida y exhausta aquí, se quita los implementos que le han permitido sentir los múltiples orgasmos. Demasiado maravillosos para alguien de su edad: ¿eran tan plenos los otros?, quisiera recordarlos, pero hace tanto tiempo...

Aún quedan algunas horas de sol, y aunque se ha acostumbrado a dormir muy temprano y a levantarse de madrugada para poder coincidir con la persona que es Mel, piensa que hoy no podrá hacerlo. No por lo que acaba de pasar, sino por la desazón que le produce la noticia que no llega (acaba de comprobarlo al revertir el comando interruptor de las comunicaciones) y también, ¿a qué negarlo?, por las frustradas llamadas de Vera. No ha sido capaz de superar la culpa, inalterable en un recóndito nicho donde nunca han llegado su inteligencia ni las arengas y consejos de los tantos guías emocionales consultados a lo largo de la vida. De nuevo se enfrenta a las preguntas que la obsesionan: ¿será que no la quiere?, ¿será que nunca terminó de aceptar su inesperada, inconveniente, no deseada llegada?, ¿será que jamás ha podido perdonarle la carrera truncada, los tantos años de dedicación que le exigió la niña endeble y nerviosa? La única respuesta posible es que no, no la perdona, pero tampoco a sí misma por su incapacidad para aceptar la maternidad. ¿Qué otra razón pueden tener sus evasivas constantes, más aún cuando, como hoy, la hija se presenta así, desecha, dopada sin duda por alguna droga de última generación? También ella recurre a la suya, especial para estos casos: justo en la vena del brazo izquierdo se clava la minúscula jeringa con los milímetros exactos del líquido azul. Minutos después, laxa y feliz, la busca en uno, dos, tres lugares en la red donde podría estar; no la encuentra (¿o acaso se esconde?), pero le deja convenientes e insinceros mensajes que la alivian completamente. ¡Mejor!, ¡qué bien!, se dice disponiéndose a retomar la lectura.

Cuando cierra el libro no puede dejar de sentir un ligero desencanto: el final le parece decepcionante, más aún tomando en cuenta que el capítulo anterior, el del diálogo, podría calificarse de magistral. Trata de ser objetiva: ¿cómo en tan pocas páginas, con tan breves parlamentos de los dos personajes puede un autor provocar tantas emociones y dar tanta información? Pero lo que más le satisface es que lo haya logrado con un léxico donde confluyen diversos tiempos verbales en tres lenguas diferentes. Decide volver sobre el capítulo tomando toda la distancia posible, dispuesta a anotar a mano lo que considera hallazgos literarios dignos de recordar, de tener en cuenta. Una gran libreta empastada y el muy antiguo bolígrafo Parker enchapado en oro (legado exquisito de su padre) son para ella obligación en estos casos, una manera de no olvidar el viejo (y verdadero) arte de la escritura, cuando escribir era el trazo, el grabado, la marca indeleble de la tinta sobre el papel. ¿Habrá Mel "escrito" alguna vez algo? Jamás se lo ha preguntado. Busca otro cuaderno más pequeño y anota al final de la sección Preguntas para Mel: ¿Sabes "escribir"? Antes que esa hay exactamente otras diez sin tachar, pendientes por hacerle o, mejor dicho, que nunca le ha hecho.

Con la frente sobre las manos, las manos sobre la libreta, la despierta el sonido de la trompeta de Cole Porter y, casi asustada, se levanta para atender de inmediato, pero la oscuridad exterior, rota por las luces de neón de su único paisaje, le indica que la noche se ha instalado; la esperada llamada del país vecino nunca se daría a esta hora. ¿Será Vera? Entonces se detiene, y sin necesidad alguna se oculta en un rincón donde la cámara no pueda captarla mientras escucha: "Mami, ¡atiéndeme por favor!, prende la luz y atiéndeme". En un rato, querida, cuando haya tomado nuevamente fuerzas para enfrentarte, le asegura para sí.

La ansiedad la domina. Le gustaría tanto abrazarse a Mel en este momento, y mucho más, si no lo tuviera prohibido, contarle los motivos de su angustia. Se niega a buscarlo en este estado, pero la sola idea de que él puede estar tratando otra vez de ubicarla logra darle un poco de calma, suficiente para volver sobre la nueva novela: tiene la estructura, principio y posiblemente final, pero apenas veinte páginas escritas. Las relee sobre la pantalla sumergiéndose en esa tercera, cuarta, quinta vida, mientras corrige adjetivos, artículos, incluso construcciones verbales, olvidada completamente de la hija, olvidada de Mel. Sin embargo, algo por momentos la detiene, una voz interna que insiste como en letanía en que ya es hora de algún valioso reconocimiento: *El desamparo* es su mejor obra, merece ganar, ¡¿cuándo llegará la noticia?!

El amanecer la sorprende con otras cinco páginas escritas. Está agotada pero satisfecha. Y seguramente es esta satisfacción la que le otorga la energía suficiente para atender con resignación la llamada de Vera, más tranquila ahora, hasta reposada, se diría.

—Querida, disculpa, pero ayer fue un día complicadísimo para mí —miente sin remordimiento.

—No importa mami, hasta fue mejor así. Yo estaba demasiado nerviosa...

Esta vez, como cosa extraña, piensa la madre, el tema de sus infinitas quejas no son sus muchos kilos de exceso ni las extrañas enfermedades, tampoco ninguna traición de su cada vez más pequeño círculo de amigos, ni siquiera el pesar que como activista verde le produce el ciertamente cada vez más inestable ecosistema del planeta. Hoy el problema es Manuel; entonces presta atención. Está tan preocupada con esta adicción, dicen que son etapas, cosas de quien apenas se inicia en la adolescencia, por eso no le había contado nada, pero ya han transcurrido varias semanas y el descontrol pareciera agudizarse cada vez más.

—No, no se trata de que pase todo el día atento solo

a la máquina. Es que se ha hecho fanático, adicto, te repito, a un mundo otro que lo está consumiendo. Mami, ni siquiera come lo que le llevo hasta el cuarto. Hace dos días hice venir a mi analista, porque es que claro, se niega a salir de la casa, y me pareció que había quedado muy preocupado. Me citó mañana en su consultorio, para conversar con calma y sin que exista la posibilidad de que él nos escuche, me dijo. ¿Te imaginas? Es que debe ser muy grave.

—Y tan buen niño que era, tan estudioso...

—Ya ni siquiera le interesan las historias de los faraones, ¿recuerdas que era su pasión?, ya ni atiende a los amigos de juegos ni quiere oír hablar de las clases de diseño, así que no es eso lo que lo ocupa en esa maldita pantalla.

—¿Pero qué le estará pasando? —y es sincera su preocupación instantánea—. Si yo pudiera ayudarte...

—Por cierto, nada tiene que ver, pero ¿sabes qué me contó el otro día? Seguro que está corriendo en la red...

—¿Qué?

—Nada, una tontería, pero me acordé tanto de papá... ¿Recuerdas aquel chiste idiota, su preferido, el de la bartola? Me dijo que se lo explicara, aunque igual como que no lo entendió... ¡Mamá!, ¿me oyes?

—Sí... Yo... No...

—Mami, ¿qué te pasa?

—¡¿Ah?!...

—¿Te pasa algo?

—No, no querida, es que estoy nerviosa esperando una noticia, una noticia muy buena. Te va a gustar. Hablamos mañana, ¿si?

Una, dos, tres horas después, ninguna nueva interrupción en su vida de anciana solitaria, anciana inmóvil ante lo único que la une al resto del universo: la pantalla de trabajo (y distracción), desconectada una, dos, tres horas antes por decreto propio. Pero no será por más tiempo. Finalmente se decide, qué otra cosa puede hacer. Al diablo la noticia que ya sabe nunca va a llegar, al diablo Vera, al diablo todo.

Serena, rebosante de sensualidad, radiante de juventud, la mujer sin pasado decide volver a la única verdad, ubica el cintillo y los guantes y pulsa las teclas necesarias:

—Mel, amor mío, qué alegría encontrarte. Ven pronto a casa, ya sabes que no soporto la vida sin ti...

www.ingramcontent.com/pod-product-compliance
Lightning Source LLC
Chambersburg PA
CBHW030528020726
47494CB00004B/1267